母の後ろ髪

濱本久子

土曜美術社出版販売

私の母

照宮様の誕生日に西郷従徳侯爵と宮城へまいり、水仙の花を献花（右から二番目が母、志か）

中村先生と
旧静浦中学校裏庭にて

高校三年生　飯塚先生と文芸クラブの仲間

私の教育実習

結婚式（東京、椿山荘）　飯塚先生と

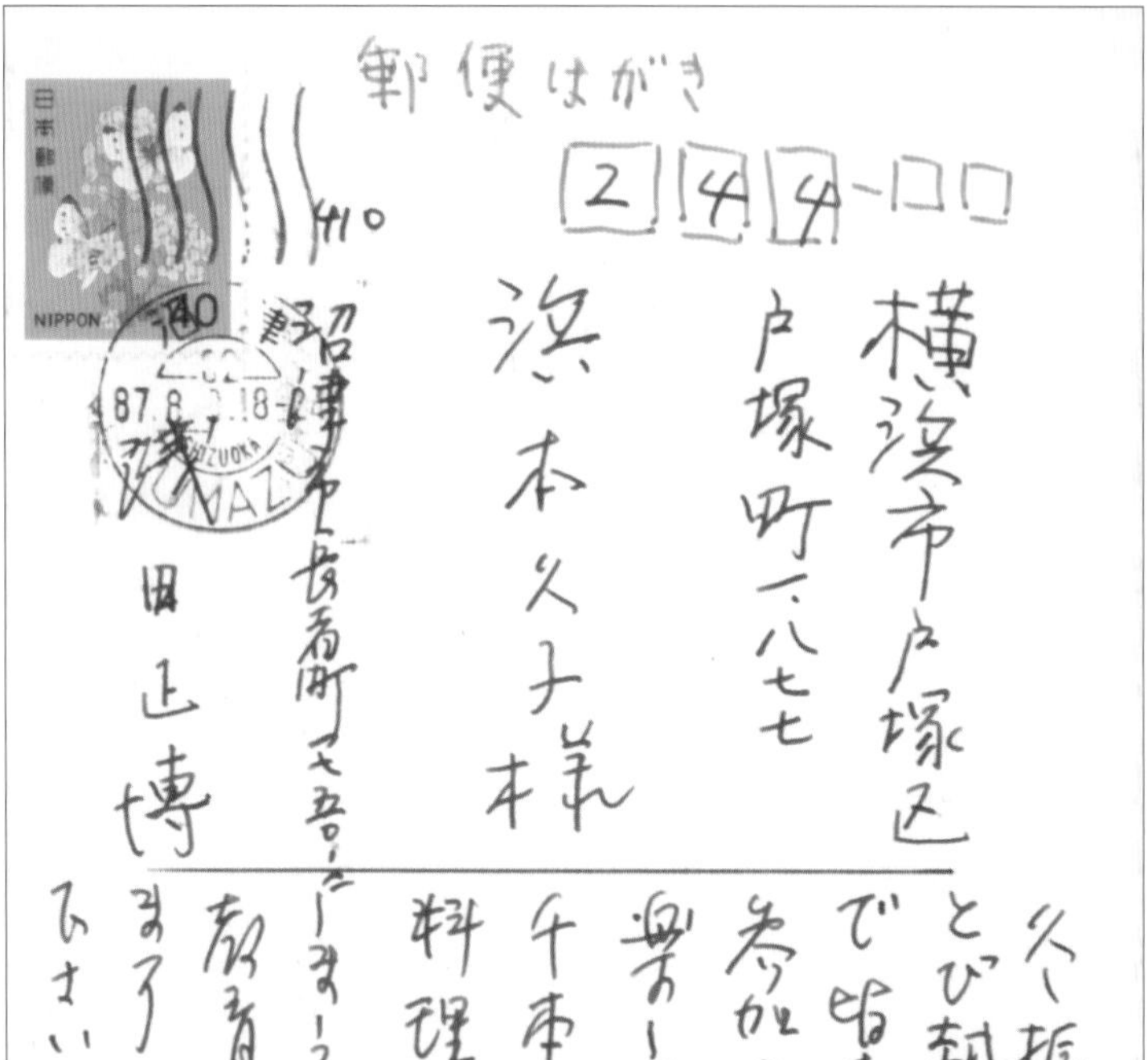

郵便はがき

244-00

横浜市戸塚区戸塚町一八七七

浜本久子様

沼津市

浅田正博

久し振り三十五年の歳月をとび越えて昔に帰った気持で皆さんの元気な話し合いに参加させていただき、ほんとうに嬉しい想いになりました。千本の超一流の宿で珍しい料理を御馳走になり恐縮、私も余生を幼児教育と絵画制作に頑張ります。貴方も全力で生きて下さい 一筆お礼まで

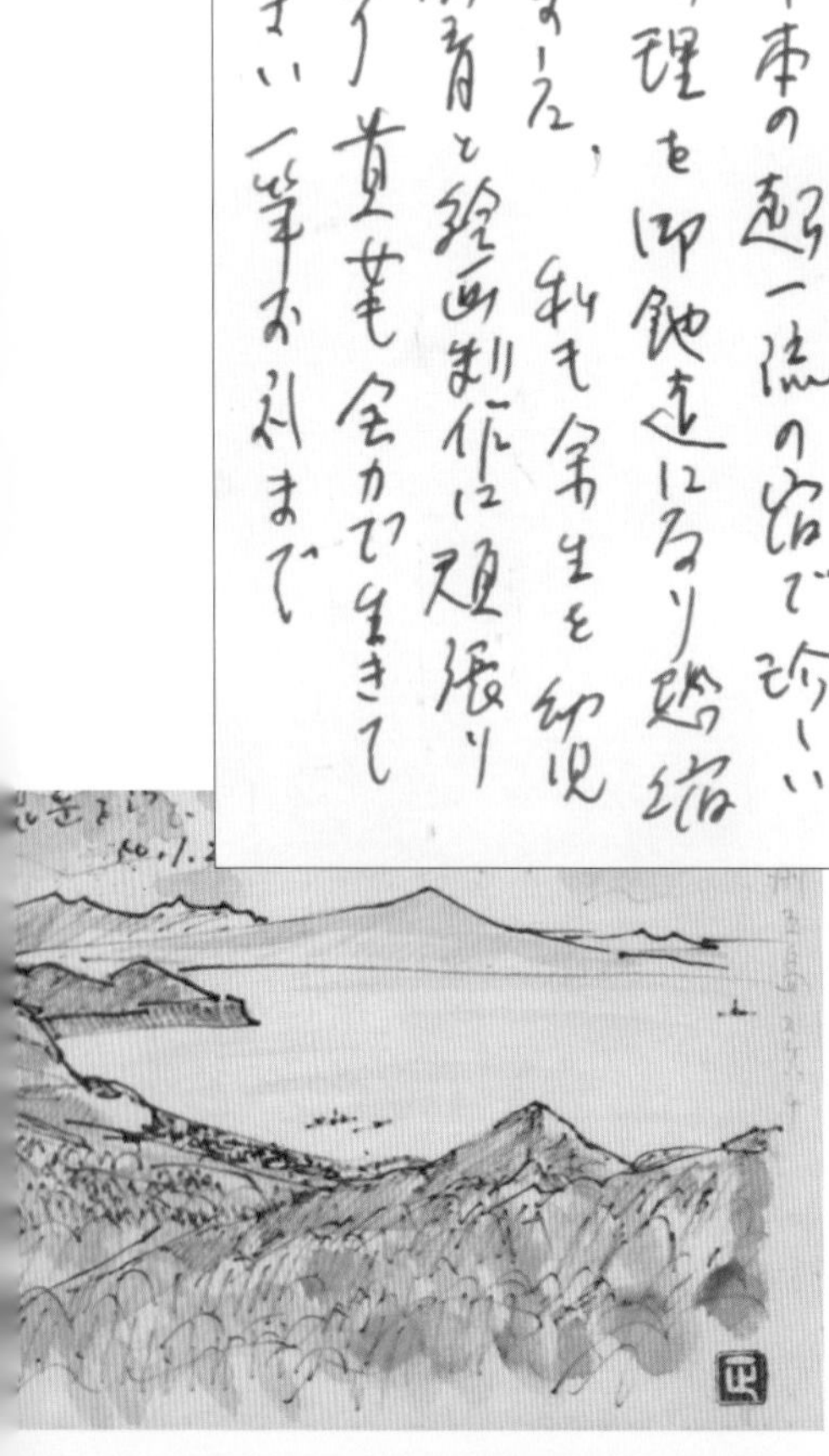

静浦中学の恩師
浅田正博先生からの絵はがき

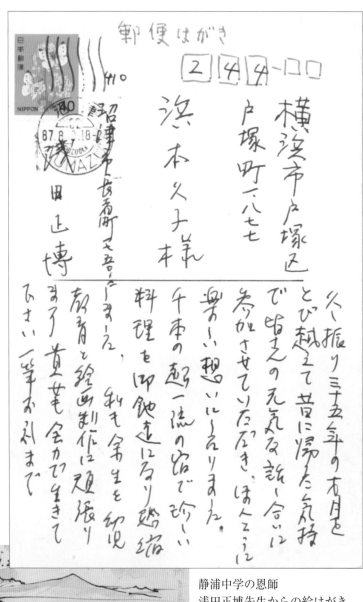

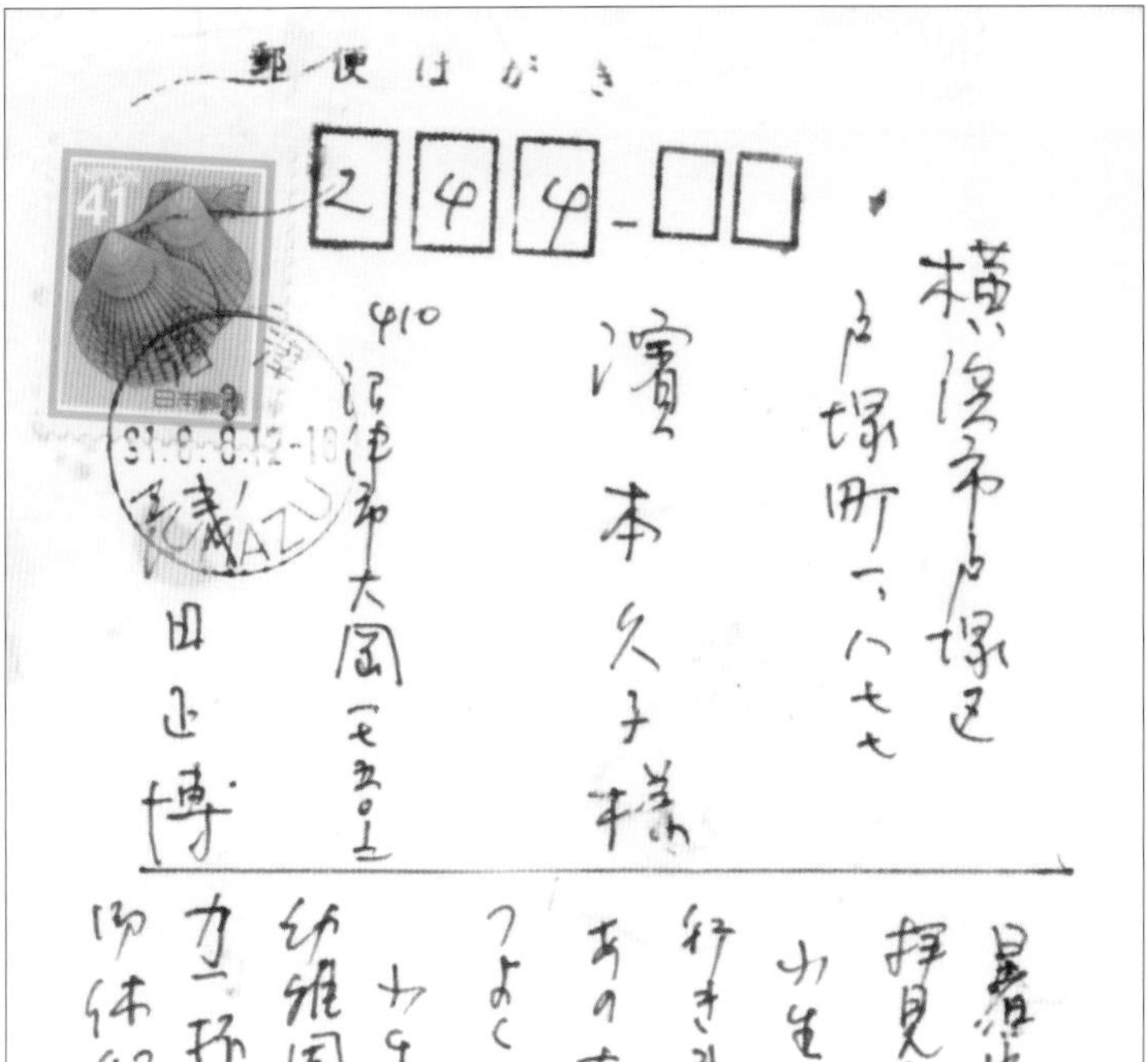

郵便はがき

244

横浜市戸塚区
戸塚町一八七七
濱本久子様

410
沼津市大岡一七五〇-上
田辺博

暑中御見舞ありがたく
拝見しました
小生もハイデルベルグに数年前
行きました
あの古い橋が今でも印象に
つよく残っています
小生相変らず元気で
幼稚園で幼い子どもと共に
力一杯生きておりますので
御休心下さい 御自愛専一に

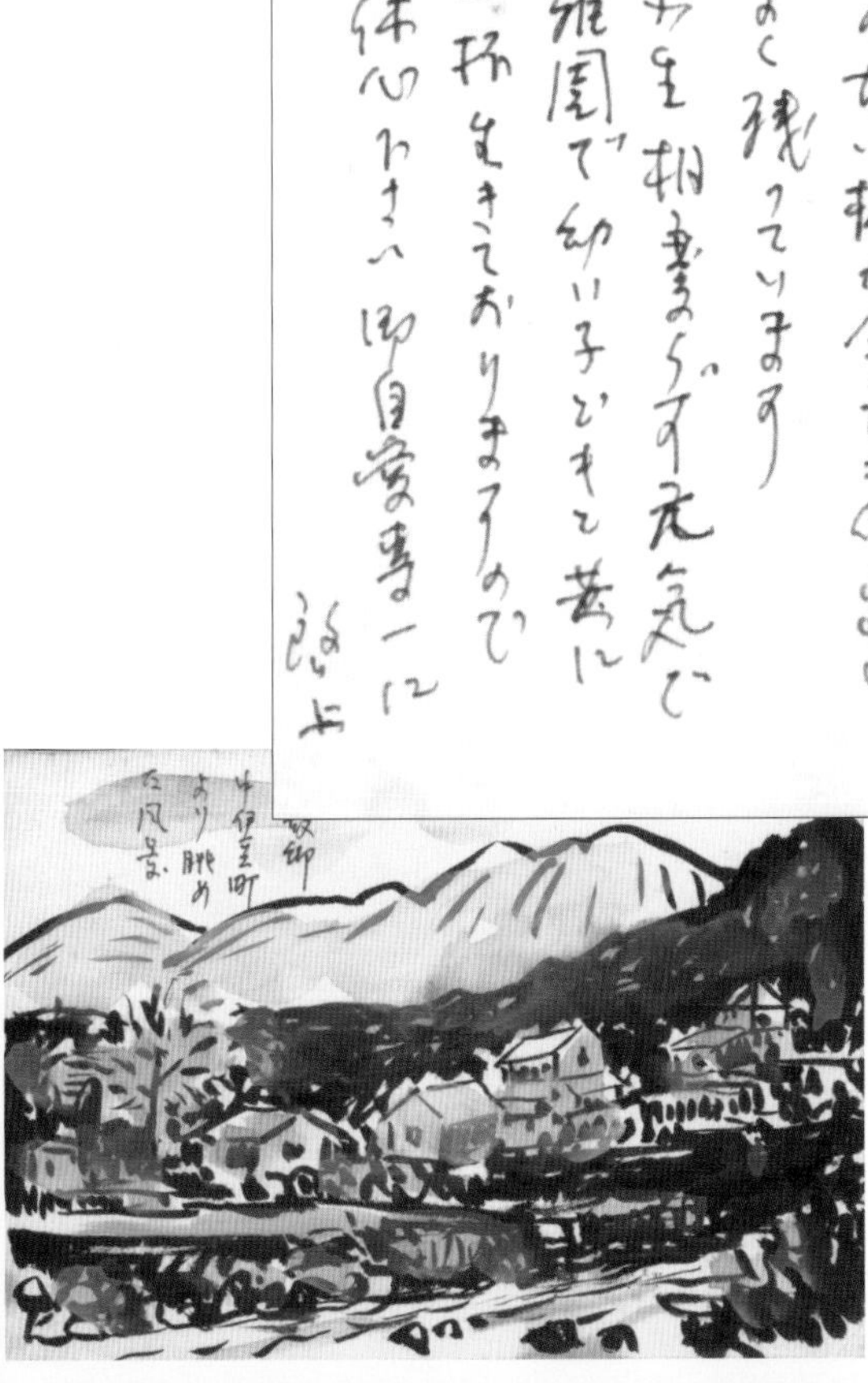

井上靖邸を訪ねて　ふみ夫人と夫健と（八巻勇氏撮影）

井上靖研究会（國学院大学）

S社新年社員懇話会

渡邉先生ご夫妻を囲んで　中学時代の友人と

共立時代の友人と（共立女子学園）

エッセイ集　母の後ろ髪＊目次

Ⅰ　母の後ろ髪

Ⅱ　井上靖の万年筆

カバー写真／池野紀彦「ココヨシキリ」
本文カット／平尾尚子

エッセイ集

母の後ろ髪

I　母の後ろ髪

水仙の花

生前の母は元日の早朝には、きまって祖父母を分骨してある身延山のお寺へ詣でていた。その母を見倣い、この元日に母が眠っている富士霊園へお参りに行くことを決めた。大晦日、母に供える花を買おうと、戸塚にある大きな花屋まで電車に乗り出かけた。花屋のウインドーのなかは、真冬なのに、チューリップ、百合、トルコ桔梗、それから菊、バラ等々の四季の花が揃っている。季節が混沌としている感じである。

そのなかで私の目は、百花の陰から旬である水仙の花を確りと捉えた。それはこの花が母に対する思いを宿していたからである。

故郷沼津の近辺では、水仙の花は例年十二月の初旬から咲き始める。確かな緑色の線状の葉の群れたちを背景に、乳白色の小さな花が、点々と連なるさまはいかにもけなげである。

静浦女子青年団の代表として
宮城に水仙の花を献上したのは
母の一番輝いた舞台
江戸褄姿の記念写真が
今もその日を誇っています

拙詩「母へ」の一節である。

水仙の花の籠を前にした写真の母は、わが母ながらきれいだと思う。この時期が母の人生の真っ盛りのときだったように、思えてならない。

それからの母は中国東北部の富錦へ、大叔父が経営する旅館を手伝いに行く。そこで父と出会ったのだが、やがて父に死なれる運命に巻き込まれてしまう。やむなく母は、私の物心がついたら引き取るという約束のもとに、二歳の私を実家に置いて、子供が二人いる人と再婚した。

母は経済的には恵まれたが、生さぬ仲の子との溝は最後まで埋めることは出来なかったように思う。実子の私も、再婚した母の生き方を責めた時期があった。

思えば、母はあの土手に咲く早春の水仙のように、いつも冷たい風を受け続けていたのだと、寒い時期に咲くこの花にいつしか母の生涯を、結びつけるようになっていた。

私は十本ほどの包装された水仙の花束を、優しく胸に抱いて、ＪＲのシートに身を任せ瞑目した。

付記

前述の詩を記憶していて下さった青木貴子さんが、静浦小学校の創立百二周年誌「しずうら」の中から、「西郷侯爵の思い出」の記事を見つけて、送ってくれた。

そこには西郷従徳侯爵が故郷の鹿児島から水仙の球根を持ってきて、静浦の六部落の女子青年に分配したこと。続いて侯爵が十二月六日の照宮成子内親王の誕生日に、女子青年の代表を連れて宮城へ行き、先の水仙の花を献上したと書かれてあった。この一文が母の記念写真の記憶に、裏打ちした。

貴子さん、ありがとうございます。ずっと感謝しています。

影絵になった思い出

昨年の三月、金沢に住む孫のために湯島天神に高校合格の祈願をした。その一週間後、合格の知らせが届き、今度は御礼参りにと、再び湯島へ足を運ぶ。

男坂をゆっくり登って行くと、境内の隅に古めかしい瓦斯灯が立っているのが、目に入った。すると亡き母と新橋演舞場で観劇した新派の『婦系図』の湯島の境内の場面が、浮かんできた。「月は晴れても、心は闇だ」の早瀬主税の有名な台詞が蘇ってくる。

恩人である真砂町の先生に、愛するお蔦との仲を反対され、別れることを決意した主税の止むに止まれぬ心情を、鏡花は〝闇〟に喩えたのだと、改めて思い遣った。

私にもこの話に似かよった一幕があった。まだ小学生だったときのこと。この場面の前後はすっかり記憶から抜け落ちてしまったが、私は母に連れられ、母の婚家から祖父母の家に戻る途中だったように思われる。

二瀬川のバスの停留所に通じる道筋から外れた田圃の中の脇道を、親子は歩いていた。

目の前に小高い香貫山が見える。道の傍らを小川が流れていて、三十センチ位に稲が成長している田圃に、水を注いでいる。そのソヨソヨという水音が絶間なく聞こえていた。

やがてその周り道も、バス停に近づいてくる。母と別れることを嫌がって、大きな声で泣き喚く私を、母が怖い顔をして叱りつける。

「オカアチャンと一緒にいたいというなら、一緒に死のう」

幼い私には死の意味はよくわからなかったが、とても恐ろしいことのように思えた。その言葉に戦《おのの》き、祖父母の家に戻ることを聞き分けたのだった。

不思議なことに、この場面には色彩がないのだ。まるで影絵のようである。母の声や水の音だけが、今も確りと聞こえてくるのだが……。

あのとき、母は再婚先への義理と、別れを嫌がりしがみ付く我が子への不憫さとの葛藤で、心が闇になっていたにちがいない。そして思わず死を口走ったのだと、帰りは湯島の女坂を下りながら、遠い日に心を傾けた。

母の幸せ哲学

この八月、ケアンズ行きの飛行機のなかで鼻風邪をひいた。鼻水が止めどなく流れてくる。何年か前にモスクワ行きの飛行機でも同じような症状になって、隣の席の人に気兼ねしながら、何十回もティッシュペーパーで鼻をかんだり、くしゃみをくり返し、往生した体験があった。それからの海外旅行には、マスクを必ず持ってきている。マスクをすることで症状がかなり緩和されるからだ。

ケアンズに着いても、私はマスクをつけたまま、日焼けを防ぐためにつばの広い帽子を被り、Tシャツスタイルで観光を始めた。娘は「リゾート地でマスクをしているなんて、恥ずかしい」と口を尖らせたが、背に腹はかえられなかった。

グリーン島に渡った時だった。桟橋にいた日本語の達者な現地ガイド二人が私を見て、「ここにはサーズは居ないのに」と聞こえよがしに話していた。彼らは、私がサーズ感染対策としてマスクをしている、と思い込んでいるようである。

往々にして人は、己の立場でものを見る習性がある。三年前まで、私は生命保険会社に勤務していた。そこでは殆どの営業職員にとって、契約をくれる人が良い人であった。もちろん私もそんな一人であった。概して「良い人」などと言う時は、その頭に「私にとっては」と冠をつけた方が正確な言い方であるように思えてならない。

そこへいくと、亡くなった母は、逆の角度からも、ものを見ることができる人だった。私が初めての海外旅行で、清水の舞台から飛び降りたつもりでお土産に買ってきたカメオのブローチ、勿論、母はとても気に入って、自慢げに外出の折によく付けていたのだが、旅行の時に落としてしまった。母がどんなにがっかりしているだろうと思っていたら「あんな彫りの深いカメオなら、拾った人はきっと喜んでいる」とあっけらかんとしていた。

また、こんなこともあった。母が親しい人に用立てたお金、百万円が返して貰えなくなった。この話を聞いて「借用証も貰ってないんだから」とキリキリしたのは私で、被害者である母は淡々とした口調で言った。「お金を貸したのが他人だったから、まだよかったよ。あんたにお金を都合して戻ってこないならやりきれないけど」。

貸したお金が戻ってこなくても、我が子だから諦められると言うのが一般的だろう。このときはわが母ながら脱帽してしまった。

母は、人と同じことをするのがよしとされる風潮の、駿河湾の奥深い小さな漁村で生まれ育ち、高等教育も受けていない。だが、私が及びもつかないパラドックスを体得していた。それは二歳の私を実家に残して他家に嫁し、私と同じ年頃の義理の二人の子を育てるという苦難の道を歩く中で身に付けた発想ではなかろうかと、いま思い遣っている。

母の後ろ髪

二〇〇七年の一月のことである。その日の朝も、いつものように鏡へ向かっていた。粉白粉を叩き、口紅をさすだけの簡単な化粧をする。それから合わせ鏡を使い、後ろ髪を見る。別に後ろ髪へ気を配るわけではない。亡き母の六十代に、私の髪の長さ、色、形がそっくりだからである。

「松山鏡」という話があった。母親を亡くした少女が、鏡に映る自分の姿を母と思い込み、寂しくなるといつも鏡を覗いていた。その少女を真似て私も鏡に写る自分の後ろ髪を見ては、在りし日の母を偲んでいた。

ところがこの日、鏡に写った母の後ろ髪に異変があった。髪の中央部分に白い頭皮が見える。円形脱毛症だ。唖然とした。円形脱毛症には、今まで何回かなったが、ほとんど美容院の人が見つけてくれていた。その程度だったから、地毛で隠すことができていた。

しかし、今度は直径四センチ位の円形の頭皮が見えるから、地毛でカモフラージュすることは、とても不可能だった。

運悪く、二月に故郷で開かれる中学校の同期会、三月には「李白の足跡を訪ねる」中国の旅が予定に入っている。それまでに何とかしなければ、と焦った。今までは近くの医院に通ったが、今度は御茶ノ水の大学病院まで行くことにきめた。勿論、箪笥から帽子を探し出し、被って行った。

しかし大学病院でも、発毛の即効性は期待できないようだった。帰りの電車で肩を落とし、ぼんやり車窓を眺めていると、昼のワイド番組でカツラのコマーシャルを流している画面が、浮かんできた。

翌日、メモ用紙とボールペンを用意して、テレビの前で番組の始まる前から待ち構えていて、カツラの会社の電話番号を書き写し、直ぐに電話をかける。コマーシャルでは「パンフレット差し上げます」とタレントが呼びかけていたから、私は「パンフレットを送って下さい」と依頼した。すると先方は「パンフレットではわかり難いので、担当者を行かせます」と言う。コマーシャルとのブレを微かに感じたが、こちらも急いでいるから、かえって好都合と承諾をした。

二日後、ヘアカウンセラーの肩書きの名刺を持った若い女性が訪ねて来た。彼女はウイッグのサンプルをいくつも持ってきた（私はカツラと言うが、彼女の方はウイッグと言う）。部分

カツラと総カツラとある。部分カツラでも、現在の症状を覆うことは出来る。ヘアカウンセラーは、

「次に他の場所に脱毛症が出来たときは、このウイッグでは対応ができないと思います」

とアドバイスをしてくれた。

カツラの値段は私の予想を、はるかに超えている。いいなと思うのは双方とも七十万円代だった。おしゃれや変身願望のためなら、私は絶対に手を出さない価格だ。しかし、髪の毛が抜けたみじめな後ろ髪を、人目にはさらしたくない一心だった。いつもはつましい生活に徹していたが、このときは不思議に大枚を払うことに、抵抗を覚えなかった。

英文学者中野好夫の「金もいらなきゃ、名誉もいらぬ。酒も女もほしくはないが、はげた頭に毛がほしい」の名言が甦る。やはり髪の毛が殆どないカルチャーセンターのS先生が、教室の黒板にこの言を書かれたとき、私は笑い飛ばした。それが今は身に沁みる。人間は同じものを抱えなければ、相手の気持ちは、わからないと覚った。

困ったのは、部分カツラか、総カツラかの選択であった。私が迷っていると察したのであろう。ヘアカウンセラーが、

「病院の診断書があれば、総カツラは二十パーセントの医療割引が適用されます」

と教えてくれた。結局、その言葉が決め手となった。数学は不得意だったが、割引額を

出すのは日頃慣れているから速い。計算すると六十万円代となり、部分カツラよりも総カツラの方が、逆に若干安くなる。最後はケチな心情が現れてしまった。

買う品が決まると、私は手帳を出して二月と三月のスケジュールを見せ、

「同期会と中国旅行に間に合いますか」

と訊いた。彼女は、

「オーダーメイドですので、時間がかかります。同期会は間に合いませんが、三月の旅行には被って行けます」

あてが外れた。同期会の会場は日本間だった。帽子を被ったままでは、友だちに変に思われる。必死で頭を巡らし、思いついたのが、帽子とセーターを御揃いにすることであった。それならおしゃれで帽子を被っていると、皆は思い込んでくれるだろう。幸い、友だちの妹さんが手編みのプロなので、お願いした。

二月、臙脂色の小さな帽子を被り、同じ臙脂色のセーターを着て、すまして同期会へ出席した。何とお洒落で有名だった恩師浦江先生も、ベレー帽を被って来られていた。先生に心の中で手を合わせ、これで私が脱毛症を患っているなど、疑う人は誰もいないと、ほくそ笑んだ。

肝心のカツラは、中国旅行の一週間前に出来上がった。搭乗前の手荷物検査と同時に、

身体検査がある。金属類を所持していると、ゲートをくぐるときに、ピーピーと音がする。そのためカツラの留め金が鳴らないようにと、紫檀に変えてもらった。ヘアカウンセラーは、「これで万全ですね」と得意げに言った。

ところが、である。旅行にはカツラはつけず、帽子を被って行ったのだ。というのは、カツラをつけて、合わせ鏡で後ろ髪をじっくり見ると、鏡には母ではなくカツラの毛の提供者であるインド女性の後ろ髪が、写っていた。体裁のために、母からインド女性に乗り換えた罪悪感が募ってきた。そしてカツラで、脱毛症をカモフラージュしようとした気持ちが、急速に萎えてしまったのだ。

旅行当日「私、円形脱毛症になってしまったの」と、勇気を出して仲間に告白した。久しぶりに、スッキリした気分になった。

教育ママ

教育ママという言葉は、現在はお受験に代わり、沈殿化してしまったが、私の子育て時代は多少の軽蔑を込めて、マスメディアは無論のこと、人々の口の端を賑わしていた。教育ママの圏外を離れた今、急に正確な意味を知りたくなり、『小学館版　日本国語大辞典』を引いてみた。

「自分の子を順調なコースへ乗せようと、特にその教育に熱心な母親」とある。私もご多分に漏れず、子供の教育には或る時期まで熱い視線を注いできた。

教育ママへのプロローグは、夫の会社の「創立記念作文」募集への投稿であった。家族の部で「わたしのおとうさん」の題名で募集していた。娘は五歳であったが、五十音の平仮名と若干の漢字は書けた。といっても、急に文章を綴るということは難しいので、私が娘に父親のことを聞き出して、娘の言葉で書いていく戦略を決めた。「久美子はお父さんのことを何と呼んでいるの?」「パパはお家でいつもなにしてる?」「久美子の好きなパパは？」。娘の言葉を呼び出しながら私はゴーストライターになりきった。

わたしのおとうさん

わたしはおとうさんのことを「パパ」とよんでいます。ママはおとうさんのことを「おとうさん」とよんでいます。

パパはいつもいつも、かいしゃからかえってくるのがおそいです。かえってくるとしんぶんをよみます。わたしが「パパ、パパ」とよんでも「うんうん」といっています。わたしは「はい、といって」といいます。きっとしんぶんには、うんうんとかいてあるのかな。

パパはテレビの巨人のほしとアッコちゃんとサリーちゃんとアタックナンバーワンをみてもおこりません。ピュンピュン丸をみると「みてはだめ」とおこります。

プロレスのとき、パパはめがねをかけないで、いっしょうけんめいみています。プロレスばかりみていると、プロレスのせんしゅになってしまいます。しんぱいです。パパは月よう日と金よう日はおそくかえってきて下さい。土よう日はこういちくんのパパみたいに、ひるまかえってきて下さい。そうしたら、こうえんへいったり、とおいところへさんぽにいったりしてあそべます。日よう日、パパはねてばかりいます。つまらないです。

わたしのいちばんすきなパパは、わたしといっしょにおふろにはいっているパパです。おふろはテレビもしんぶんもないです。パパはわたしにおもしろいはなしをしてくれます。うれしいです。


今、読み返すと構成は大人の手であることが歴然としている。が、他の入選作品もどれも大人の手の匂いがする。選者は、親子の合作の作文コンクールであることを認識しつつ、苦笑されながら選ばれたのだと思われる。

娘が文字を覚えた四歳くらいから、努めて本を与えた。童話から世界の名作物語といわれるものの間を選んだ。娘が「読みたい」という前に私が殆ど買ってきた。娘は言う。

「小学校三年の夏休みの読書感想文は、ヘルマン・ヘッセの『車輪の下』だし、自由課題は『平家物語』の『扇』の全文写しをしたんだから――」

娘は単なる私のダミーであったのかもとさえ思う。その頃、『平家物語』に夢中になっていたのは私であったから。

教育ママとして、大きな挫折の洗礼を受けたのは、娘のF女学院中等部受験であった。

F女学院は、横浜の名門で大学への進学校としても有名であるという理由だけで、私が受験を決めた。塾の毎月の公開テストの順位から考えて、娘が合格の射程圏にいると思い込んでいたのだ。あわてて塾にも通わせ、私自身も受験参考書『自由自在』『力の五〇〇〇題』を、娘が学校に行っている時間に勉強した。だが受験算数は、時折私の理解範囲を越えており、夫の力も借りだした。

F女学院受験の前日、娘は受験の圧力？　のためか、九度以上の熱をだしてしまった。無情にも私は、抗生物質の薬を飲ませながらも受験は全うさせた。

合格者掲示板に、受験番号を見つけることができなかった私たち親子は、F女学院の坂道を、ゆっくりと無言で降りてきた。娘は、その夜嘔吐し、心の傷の大きさを私に呈示した。

教育ママのエピローグは、朝日学生新聞社の「白鳥文学賞」詩の部門で、娘が一千二百二十五編中の三席入選を知ったときである。

白鳥

白鳥をつくったのは　子どもたちなんです
この世で一番優しいものをつくろうって

つくったんです

白鳥を白くしたのは　雪の女王なんです
自分の一番大切な色を　さずけようって
白くしたんです

白鳥に翼を与えたのは　星の神様なんです
天に飛んでこい　はくちょう座になれって
翼を与えたんです

白鳥に命を与えたのは　天使なんです
人間の心を優しくする鳥に　なりなさいって
命を与えたんです

そして今　白鳥は
優しくって

白くって
りっぱな翼があって
人間の心を優しくする
自然界の女王として　生きています

白鳥よ
おまえは天の使い
白い女王なのです
おまえが
自然をとりもどすのです
女王として
永遠に――

娘が受験失敗の失意の日々から脱皮して、詩を書いたことも、応募したことも私は知らなかったのである。そして娘が私とは関係なく、一人で歩きだし歩けることも知らされた。教育ママのエピローグは、娘の手で簡単に幕が閉じられてしまった。

五十年ぶりの文集

昨年の大晦日の朝のことである。

中学時代の友人、キイチクンの原稿二枚がわが家のファックスから流れてきた。それを見た私の眼からは涙があとからあとから続いて流れ、止まらなくなってしまった。

キイチクンは中学卒業以来五十年ぶりの文集の原稿を最初に依頼したときには、寄稿を断ってきた。最近直腸がんの手術をし、その上、仕事熱心な彼は退院後に無理を重ねて高熱を出し、体調が充分でないことを理由に。

それを再度私は電話を掛けて頼んだのだ。

文集に、何が何でも二十人の文を載せなければと私は思い込んでいた。だから彼にまた断られたら、私たちの故郷の沼津に縁の深い作家井上靖が、がんセンターに入院中も『孔子』を執筆したエピソードを話そうと思っていた。その話を聞いたら、書くことが嫌いではなかったキイチクンは、大作家にあやかって書いてくれるだろうと期待した。

ところが、キイチクンは何故か私が拍子抜けするほどあっさりと今度はＯＫしたのだ。先の挿話を彼に話さず仕舞いだったのが、私には惜しいくらいだった。

キイチクンの文章が届き、目標とした二十人分の原稿が揃ったので、私は感極まって泣いてしまったのである。

「五十年ぶりの文集」を企画したのは中学時代の恩師、渡邉先生だった。私たちグループは、現在でもよくまとまっているから、五十年ぶりに文集を作ってみないか、という文面の手紙が私に来た。

いつも、物事を深く考えないで、すぐに行動してしまう私は、このときも「文集を作ります」と簡単に引き受けた。過去に一度も本の編集などの経験もないのに。

私たちの中学時代のグループは、当時食料事情がまだよくなかったので、「腹一杯たべたいなあ」という願望からうまれた。「食う会」ではそのものズバリで、余りに聞こえが良くないので、同じ読みの「空海」にあやかって、「弘法大師会」と渡邉先生が命名した。

渡邉先生が宿直のときに、生徒が宿直室に二十人前後集まり、蜜柑やコッペパンを頬張り、百人一首をしたり、先生の語るゲーテやハイネに憧れたものだった。

この会は中学卒業後も続いた。高校時代は湯ヶ島までサイクリング、大学時代は美ヶ原へキャンプ等々と、会合の他に遠出もしている。

社会人になってからは、さすがに全員で会う機会は殆どなくなったが、個々に先生を訪ね結婚や住宅購入などの相談をした。仲間同士はめいめいに連絡だけは取り合っていた。仲間が還暦を迎えた二〇〇〇年に「弘法大師会」は復活した。年に一、二回は先生を囲んで集まるようになっていた。

だから文集の原稿は、全員が勇んで書くはずだと、脳天気な私は、少しも疑わなかったのである。

文集発行の知らせには、気軽に書けるように、ジャンルは自由とし、原稿枚数は二枚が原則だが、筆不精の人のために、近況報告の五行でもよいからと書き加える。書く期間は一ヶ月あれば充分と推量して、締切りは十二月十五日と決めた。

文集作成の案内状を送ってから、二日後に原稿を送ってくれたのは、何と渡邉先生だった。十一月中に六人から詩や俳句、エッセイ等が届いたので、さすが「弘法大師会」のメンバー、と喜んでいたところへ、不満の狼煙が上がった。

現在は魚屋を営んでいるが、中学時代から体格が人並外れて大きかったので、「戦艦大和」と呼ばれていたヤマトクンからだった。

ヤマトクンは「魚屋は十二月が一年中で一番忙しい時なのに」と電話の声が角張っている。そうだったのかと、私は自分の配慮が足りなかったことにその時になって初めて気がついたが、賽はなげられていた。私は鬼の編集者になりきった。「頼んだのは十一月よ。それにあなた寝る時間はあるでしょう」と言い放った。

しばらくしてまたヤマトクンから電話がかかってきた。声が沈んでいる。「書けないよ。もう自殺したい気分だ」と言う。彼の文集への思いの真摯さに打たれて「何か書いてくれれば、後は引き受けるから」と、受講しているエッセイ教室のS先生を真似た言葉を私は吐いた。

本当を言うと、まだ私自身が原稿を書きあぐねていた。教室の作品だって、通い始めて三年になるのに、S師の添削の赤いペンでいっぱいだ。宿題の提出も怠けて時々間引いている。だから後は引き受けるなんて、本当はとんでもないことだった。

しかし私の無責任な言葉で、気が楽になったのかヤマトクンは原稿用紙二枚に中学時代の思い出を真面目に綴って、十二月の初旬に、送ってくれた。

締切りが近くなっても、案内は二十人に出したのに、原稿は九人しか届いていない。今度はまだ原稿が着いていない人に電話をかけまくる。必死に頼むと、何人かが今から書くよと言った。やはりナマの声は効果があった。

学生時代にピアノ演奏がうまく、ピアニストと呼ばれていた人は、書くことをまだためらっていたようだが、私の悲痛な原稿依頼の声に「あなたも大変ね」と言って、すぐに書いてくれた。彼女は音感が抜群だったが、今も私の心の音も聞き分けてくれた。

書くのを断った人が二人いた。理由は言わない。私の頼み方が悪かったのかと、人を代えて頼んでみても駄目だった。私は怒り心頭に発して、先生に言い付けた。

さすがに先生だった。「彼らは何を書いてよいのかわからないのだ。創刊号を送れば、次はきっと書くよ」と言われた。

これで二十人全員の文集はとうてい無理かとあきらめかけたとき、四十代になってすぐに亡くなったヨウチャンの中学二年の作文「愛犬マル」を思い出した。この作品が交友誌「金桜」に載ったとき「なんて上手だろう」と驚嘆したことも一緒に……。

すぐに、紙の色が茶色に変わって、本の形が崩れ始めた「金桜」を本箱の奥から出した。ヨウチャンの作品と一緒にやはり早世したマッチャンの文学少年らしい詩「ともしび」も見つかった。私は二人に心から手を合わせた。

恩師は君たちの仲間はまとまっていると言われた。まとまっていることはまとまっているのだが、五十年も過ぎると、各々の状況が変わっていて、中学時代のように、同じグラウンドにいて、掛け声をかければすぐに整列するようなわけにはいかなかった。

しかし、結果的には仲間は文集作りに協力してくれた。病人を二人抱えていたユミちゃん。ヤッチャンはイラストレーターで本業も締切りに追われていたが、原稿は徹夜で書き上げてくれた。みんな、みんなありがとう。

静浦中学の渡邉先生

「あなたの中学は、進学校だったの」

沼津市立静浦中学の昭和三十年卒業の有志が出している文集「空と海と」を、東京や横浜の友達に贈ると、何人かに訊かれた。

とんでもない。静浦中学は駿河湾の東奥に面している静浦地区の山の中腹に建てられている学校で、地区内の志下《シゲ》、馬込《マゴメ》、獅子浜《シシハマ》、江浦《エノウラ》、多比《タビ》、口野《クチノ》の小さい漁村の生徒が、通っていた。町場の学校に比べて、学力のレベルはかなり低いという風評が定着していた。

昭和二十年代の漁村は貧しく、漁師には学問はいらないという声も大きく、家に学習机がない生徒が殆どだった。或る先生が家庭訪問のとき、みかん箱でもよいから机を持たせてやってほしいとお願いをしたが、聞き入れてもらえなかったと、歎いていたのを覚えている。このことを裏付けるように、高校への進学率は二〇パーセント前後だったと、記憶している。

村の生業の大半が威勢のいい漁業であった。その関係か、言動が粗暴な生徒が多かった。なかには学校へ行くと言って家を出るが、中学の裏山で遊び呆けていて、登校しない生徒さえもいた。当然だと思うが、教師たちはこんな静浦中学への赴任を、嫌っていたという。昭和二十六年五月、着任したばかりの理科の教師が、この学校の荒っぽい校風を嫌って、退職してしまう。欠員となった理科の教師に、地元の多比出身で、まだ大学在学中の渡邉先生に白羽の矢が立つ。校長に懇願されて、先生は大学に在籍のまま教壇に立つことになった。

私が先生に出会ったのは、先生が大学を卒業し、正規の教師になった昭和二十七年である。先生は一年の理科を担当。クラス担任にもなられたが、私のクラスの受け持ちではなかった。

週に四時間、授業を受けたが、元素記号やオームの法則等は、記憶からすっかり消えている。確りと残っているのは、授業中によく話して下さった『平家物語』と『源平盛衰記』である。

静浦は頼朝が流された韮山や、頼朝と義経が兄弟の対面をした黄瀬川にも近いので、興味を掻き立てられていった。話の中に登場する文覚上人、袈裟御前、池禅尼、義仲等々に心が躍り、夢中になる。この物語は一時間の授業では、とても完結しない。紙芝居のように後は次のお楽しみとなり、理科の時間が待たれてならなかった。

また先生は与謝野鉄幹がお好きらしく「妻をめとらば才たけて　みめ美《うる》わしく情けあり」と、ズボンのベルトの位置に両手をあてて、何回も歌われた。その歌を地でいくように、何年か後、同僚だった美人で才媛の英語教師、山本先生と結婚された。

先生は片田舎の漁村の私たちに、文化の光をあてて下さったが、反面、授業の邪魔をする男子生徒には、容赦なく体罰を与えていた。竹刀を持ち、彼等の頭上に打ち降ろす。すると大きな音がして、私たちは驚いたが、実際はそれ程痛くはなかったらしい。

先生が最も力を入れたのは、課外活動のようだった。お膝元の理科クラブでは、生徒と一緒に江浦の海に瓶を流し、潮流の観察をしている。その成果を部員の足立さんが「江浦湾の潮流の研究」としてまとめ、市の研究発表会で発表して、何と一位になる。この他にもコーチをされていた女子バレー部、男女の水泳部も市の大会で優勝している。

コンクールがあると知ると、先生は俄然《がぜん》張り切る。急拵《きゅうごしら》えした演劇部や弁論部に、猛特訓して、双方とも優勝させていた。

一方、勉強はソコソコの出来で、運動は大の苦手であった私は、先生とはあまり縁がなく、課外活動に熱心な先生と生徒の情景を、ぼんやりと眺めていた。

二年に進級すると、理科の担当は再び渡邉先生で、今度は私のクラスの受け持ちにもなった。そして月に一回、先生の宿直の日に二十人近い生徒を、宿直室に呼ぶ集まりの仲間に私は入る。ここでは、先生がお得意の詩吟や漢詩を披露されたり、百人一首やしり取りゲームで、賑やかに遊んだ（このときのグループが、現在「空と海と」を作っている）。

この集会は放課後の五時位から始まり、夜八時過ぎることも、しばしばあった。帰りを心配する親から学校へ電話がかかってくることもあったが、先生は意に介しないで、会を続けていた。

ところがである。熱心に私たちに接していた先生が、二十九年の二月、急に退職されることになった。その理由は私の知るよしもなかった。離任式で「君たちは物差しを持っている。しかしその物差しで測れなくなったときは、私の物差しを借りに来るがよい」という言葉を残して、先生は教壇から去って行った。

それから四十七年が過ぎた平成十三年十月のこと。中学の宿直室で先生を囲んだグループが鮭が生まれた川に帰るように、先生の許に戻ってきた。この間の年月、先生と生徒たちは、まったく行き来がなかったわけではない。それぞれが、進学、就職、見合い、結婚、仕事上の悩み等々で、市内に在住の先生を訪ねては、先生の物差しを借りていたのだった。

かつての生徒は、重慶やシンガポールにモノレールを走らせた人、若き日捕鯨船に乗り、今は鮮魚店主、商社マン、銀行員、公務員、大学教授、ＪＲの運転手、書家、グラフィック・

デザイナー等々多彩であった。

中学時代の先生の授業に話が弾んだとき、先生が初めて「私の授業は教えるのではなく、君たちを励ますのが目的であった」と打ち明けられた。

この年から毎年一回、先生と生徒の集まりが、続いている。平成十六年から、旧交を温めるだけではなく、何かを残そうという先生の発案で冊子「空と海と」を刊行し、現在九号を数えている。


先生は筆が立つ。名字を研究し『静岡県名字の由来』『静岡県名字の話』（共に静岡新聞社）等を出版。他にも多くの冊子に書かれている。その中で「環境とエネルギー」に寄稿した随筆「学歴と教師」にこんな一文があった。

「教育で大切なことは、学校という器ではなく、師弟の人間関係という中味であり、特に教師の能力が大きく影響することは周知の通りである」

この箇所を読んだとき、静浦中学の渡邉先生の顔が、真っ先に思い浮かんできた。

藪の中のダリア

金賞受賞者の告白

いまから半世紀以上も前の中学二年のときのことです。夏休みの作品展の会場になっています教室へ入ったとき、驚きました。

私が描いたダリアの絵が、最上段に貼られております。しかも金賞なのです。小学校に入学してから、自分の絵が賞に入った記憶はありません。それが寿美恵さんと一緒に描いたダリアの絵に、こともあろうに金紙の短冊がキラキラと光っているのです。私は嬉しいというより、とても複雑な気分になってしまいました。

思い切って、告白いたしますと、この絵には絵が得意な寿美恵さんの手が加わっているのです。絵に自信がない私が、彼女にせがんで手伝ってもらったのか、あるいは寿美恵さんが、私のあまりの下手さに、見るに見かねて、筆を入れてくれたのか、その経緯は記憶からは消えていますが、ただ、「あまり、うまく描かないでね」とお願いしたことだけは、覚えております。

寿美恵さんの絵も当然金賞だと、彼女の作品を探しました。ところが寿美恵さんの方には、赤い紙が貼られていて、銅賞です。この不可思議な評価が、私の複雑な気持ちへと、いっそう拍車をかけました。

二枚の絵を見比べてみますと、私の方は大雑把で、寿美恵さんの方はダリアの花びらが一枚一枚きれいに丁寧に描いてあり、ほんとに美しい絵でした。

これは、私なりに考え抜いた結論ですが、一年のときのH・Rの担任でもあった美術の浅田先生が、私に贔屓をしたということです。

母がいるのに、事情があって祖父母に育てられている私の境遇を先生が不憫がられ、放課後は同じクラスの八恵子さんと、成績の点数の集計の手伝い等をさせ、また美術部のモデルにするなどと寂しさを感じる隙間を作らないようにして下さったのを感じていました。

内緒にしていましたが、実は通知表の美術の点数も、とてもよい数字が付いておりました。

銅賞受賞者の言

私が手伝ったチャコの絵が金賞で、私の絵が銅賞だったことは、ショックではありませんでした。

チャコは「これは先生が贔屓したのよ。ごめんなさい」と謝ってきましたが、そんなことは決してないと、きっぱり否定してやりました。

その理由は私自身が、よくわかっていました。私の絵はただダリアをきれいにまとめることを念頭に置いて、描きあげました。

しかし、チャコの絵は他人の絵ですから、私は心のままに大胆に描きました。自分の絵ではダリアを写実的に描くので、あんな奔放なタッチはいたしません。

これは内緒ですが、チャコのボトボトした下手な絵が、ドンドンよくなっていくのも、楽しかったです。

チャコはすまながっていましたが、金賞の絵も銅賞の絵も、実は私の作品なのです。

ダリアの絵の評価のなぞは今となってはわかりません。双方の弁は事実でないかもしれないし、事実かもしれません。藪の中に入ったままです。

忘れ得ぬ言葉

昨秋ブータン国王夫妻が来日されてから、ヒマラヤの麓の小さな国、ブータンが急に脚光を浴びている。〇九年と一〇年に続けてブータンを訪れた私には、嬉しい限りである。ブータンには「よい花の香りはいつまでも続く」という諺があるという。真意はよい心がけでいれば、幸せはいつまでも続くということらしい。この諺は私の連想を招いた。「よい言葉もいつまでも忘れない」と。そして私の忘れられない言葉のいくつかを取り出してみて、今さらながら気付く。言葉が与える余韻の大きいことを……。

律はあなたと同じ共立の出身だよ

まだ生命保険会社に在職中の話である。

毎週木曜日、私は戸塚から一時間かけて東京の五反田にある担当企業S社を訪問していた。社員の方から保険の契約を頂くのが主な目的であるが、同時に経理担当のT常務のお話を、商談に挟みながら伺えるのも、浅学な私の別の目的でもあった。

常務は京都大学経済学部の出身で海軍では主計部にいたと他の方から伺っていたが、文学や歴史にも精通されており、博識な教養人だった。

氏の話は日本の歴史、小説、詩文は無論のこと、中国の古代の歴史や故事、詩文にまで及ぶ。恥ずかしながら、「殷鑑遠からず、夏后の世に在り」「尾生の信」等の故事や、歴史地図で鹿鳴館は大和生命の辺りだということを私は初めて知ったのである。

たしか昭和五十六年の頃だと思う。

常務は鞄から一冊の本を出し、机の上に置かれた。司馬遼太郎の『ひとびとの跫音』だった。それからおだやかな口調で言われた。

「子規の妹、律はあなたと同じ共立の出身だよ」

その瞬間、一介の保険のセールスが、ずっと以前に、会話の端に一度口にしただけの出身校を確りと覚えていて下さったことへの嬉しさで、胸もとを熱いものが流れたのを覚えている。

常務のその一言で、私は舞い上がったのだろうか。氏とのその後の会話はまったく覚えていないが、S社を退出すると書店へ直行して、『ひとびとの跫音』の上と下を買ったのだけは、覚えている。

『ひとびとの跫音』には、子規が亡くなった翌年の明治三十六年、妹の律が神田にある共立女子大の前身である共立女子職業学校に入学し、三十九年に卒業したと書かれていた。

本当のことを言うと、私は共立があまり好きではなかった。というのは、母から「家政科でなければ行かせない」と言い渡され、不器用な私は、洋裁学校に通わされるよりはましだと、シブシブ通った学校であった。

果たして短大なるが故か、授業は朝から午後五時までビッシリとつまっていて、遊ぶ時間はなかった。さらに教養科目はともかく、実技の和裁、手芸、洋裁には悪戦苦闘した記憶ばかりが残っている。

ところが常務のあの一言が、私の母校に対する私の思いを払拭した。共立が好きになったのである。

常務はとうに鬼籍に入られたが、以前の私は「共立の出身です」と、はばかるように言っていたのが、現在は屈折なく言える。共立時代を懐かしみ、級友とも年に数回は会うようになっている。同窓会にも足を運ぶ。

また神田界隈に行くと、きまって母校に立ち寄る。すると「子規の妹、律はあなたと同じ共立の出身だよ」とおっしゃったT常務の静かな声が、蘇ってくるのである。

あなたのお母さんの方がもっと似合う

平成十六年の秋、中学の恩師浦江先生からお手紙を頂いた。シルクロードの旅に出て中国の最西端カシュガルで求めたおみやげ、臙脂色のストールへの礼状である。その書中に「このストールはとても気にいりました。でも私よりあなたのお母さんの方がもっと似合うと思いました」とあった。

先生の謙虚さに打たれながらも、私の目の前が明るくなったような気分になった。先生の中に、往年のきれいな母が健在でいることがわかり、うれしさが込み上げてきたのである。

母は八十七歳で逝ってしまったが、末期の何年かはベッドのなかで過ごしていた。ふくよかだった母が痩せ、体重が二十七キロとなり、「ネエちゃんが病院中で一番軽かった」と、姉思いのかつ叔母を号泣させたことがある。母はほとんど話さなくなり、一日の大半は目を閉じていた。その母を見て、この人は私の母ではない、という思いに陥ることもしばしばあった。

私の中に定着している母は、藍色の大島紬を着ているきれいな母だ。祖父母の許に二歳の私を残して、母は他家に嫁して行ったが、再婚先に気兼ねをしながら、私の学校の入学式や父兄参観日には、努めて顔を出してくれていた。漁村の親たちの中で、町場から来る母はいつも帯付け姿で目立っていて、私はひそかに得意であった。

先生の手紙が引き寄せたのだろうか。続いて従妹の正子さんから電話がかかってきた。

「伯母ちゃんの夢を見たの。先に死んだ私の母と、楽しそうに何か話していたよ。生前と同じように、伯母ちゃんはとてもきれいだったよ」

「亡くなって三年も過ぎたのに母のことを覚えてくれて、うれしい」

「私は生きている限り、伯母ちゃんのこと、覚えているよ。だって私の自慢の伯母ちゃんだもの」

涙がとめどもなく頬を濡らした。正子さんの中でも、母は在りし日の美しい姿のままのようである。

三好達治に「郷愁」という詩があった。

蝶のやうな私の郷愁!……。蝶はいくつか籬《まがき》を越え、午後の街角に海を見る……。

私は壁に海を聴く……。私は本を閉ぢる。私は壁に凭れる。隣りの部屋で二時が打つ。

「海、遠い海よ！　と私は紙にしたためる。――海よ、僕らの使ふ文字では、お前の中に母がゐる。そして母よ、仏蘭西人の言葉では、あなたの中に海がある。」

不遜ながら、私はその後に「母は鮮やかな波となって戻ってくる」と付け加えたい。きれいな母を私に甦らせて下さった浦江先生に、改めて感謝申し上げます。

弟の　嫁の　友達の　親戚の子

二〇〇七年四月三日、辻堂駅のみどりの窓口に立った。「甲子園口まで一枚」といつもより心なしか、声が大きい。その声に得意げな響きが現れているのが自分でもわかった。他でもない。今日は、第七十九回選抜高校野球大会の決勝戦。大垣日大高校と、私の故郷である静岡県の常葉菊川高校が対戦する日だ。というより、試合には、「サッチ」と呼んでいる従妹の次男町田友嗣が出場するのだ。彼とは面識はあるが、親しく口を聞いたことはないのだが……。

昨日の準決勝戦をテレビで観戦するまで、甲子園まで出向き、応援する成り行きになろうとは、夢にも思っていなかった。それがサッチにそっくりな丸顔の友嗣の顔が、テレビ画面にクローズアップされた途端、思わず「サッチ」と従妹の名前を私は呼んでいた。その間違いに気付いた瞬間、友嗣に猛烈に親しみを感じ、明日は甲子園に行こうととっさに決めたのである。

甲子園の一塁側アルプススタンドには、身贔屓な町田一族が、七十八歳の勝男叔父を筆頭に、従妹弟やその家族たちの懐かしい顔ぶれが、三十人ほど陣取っている。癌のために、声帯を取ってしまい声が出ない従弟洋司までも、軽く右手をあげて挨拶する。それから友嗣の家「まちだ」の元板前さんや元お手伝いさん、魚市場関係者、さらに地元である多比や旧知の伊豆長岡の人たちが、大型バス四台を連なって来てくれていた。

また甲子園の外では、恩師の渡邉先生が静岡新聞の常葉菊川の全記事をスクラップされていた（後日、私に送って下さった）。現在は、ほとんど付き合いのない遠い親戚までが、「うちの親戚の子」と自慢してエールをおくってくれていたという。

さらに番外の身内が現れたのである。選抜大会が始まった当初、私は義母の看病や「空と海と」の編集の打ち合わせで、テレビ観戦もままならない状態であった。そのため同郷の好《よしみ》に甘えて、友人の寿美恵さんに「私の代わりにテレビで応援して」とお願いをしていた。すると彼女がまた、三島に住むご主人のお姉さんに、友嗣のことを電話で話したという。

その姉君に、私は寿美恵さんの結婚式にお会いしていたが、とても人のよさそうな方だった。三島のオネエサンはテレビで熱心に応援もしてくださったのは勿論であったろうが、なんと「弟の、嫁の、友達の、親戚の子が、甲子園に出ているんだ」と近所に吹聴して歩いたというのである。

その話を聞いて、「そんなにも親身に、応援してくれるなんて……」と私は大感激をした。同時に漱石の『吾輩は猫である』のなかに、猫の三毛子が、飼い主のお師匠さんの身分のよさをアピールするために、「天璋院さまの祐筆の妹のお嫁に行った先の御っかさんの甥の娘だ」と説明するくだりがあったのを、思い出す。その話法と三島のオネエサンのセリフとが重なり、無性に楽しくなった。

あれから五年近くが過ぎたが、ときどき友達の、ご主人の、オネエサンの言葉、「弟の、嫁の、友達の、親戚の子」を思い出しては、頬をゆるめている。

きみ、ナカナカやるね

恩を受けた者が、恩人に感謝するのは当り前の話だが、その当人以上に、私が敬服してしまったことがある。

三十年余りも前のこと。横浜スイミングクラブに長男の浩一を、小学一年生のときから通わせていた。彼は私に似ず運動神経がよく、三年生になったときは最上級のクラス五班に進級し、さらに五年生になると選手コースへと進み、月火水木金土と、連日スイミングクラブに通っていた。

ある日スイミングクラブのコーチから電話がかかってきて、晴天の霹靂とはまさにこういうことをいうのだ、と思い知らされる。

「浩一君、この頃ずっと休んでいますが……」

「ええっ」

浩一は学校から帰るとすぐに、競泳パンツとタオルをもって出かけ、いつも夜八時に帰ってきていた。あのぬれていたパンツとタオルは、彼の子供ながらの必死のカモフラージュだったのだ。

この一件で涙をこぼしたのは私だった。息子は露見したことでホッとしたのか、本音を吐いた。不得意な種目バタフライを泳ぐとき、いつも皆に水をあけられてしまうのが辛い。もうスイミングはやめたいと……。

孟子の母が我子の教育のために、三度も転居したという「孟母三遷の教え」にはとても及ばないが、私は動いた。コーチに掛け合い、バタフライのときだけ下のクラスで練習させてもらうことにする。そして彼には水泳を続けることを納得させ、私はスイミングクラブに毎日付き添って行った。しかし浩一は親の期待と自分の劣等感を背負って泳いでいるようだった。

そんな頃だった。橋爪四郎コーチが得意な平泳ぎの五十メートルを泳ぎ終わった浩一の傍に駆け寄り、頭をなで、

「きみ、ナカナカやるね」

とおっしゃったのである。息子の顔に白い歯がパッと浮かんだ。

それから彼の平泳ぎの記録はグーンと伸び、六年生のときは横浜市で二位となる。苦手だったバタフライも、同じクラスの人たちのレベルにまで追いついた。

古橋選手と一緒に世界新記録を出して、気が滅入っていた戦後の日本人に、自信と希望を与えてくれた橋爪コーチの褒め言葉が、彼の劣等感を吹き飛ばしてくれたのだ。

私が出したお礼状に対して、橋爪コーチはすぐに返事と「頑張れ浩一君」と書いた色紙

とを送って下さった。

その二つは額に入れ、今も部屋に飾ってある。手紙の方の文字は歳月で褪せてきたが、あの「きみ、ナカナカやるね」の含蓄に富んだ一言は、私のなかに鮮やかに残っている。

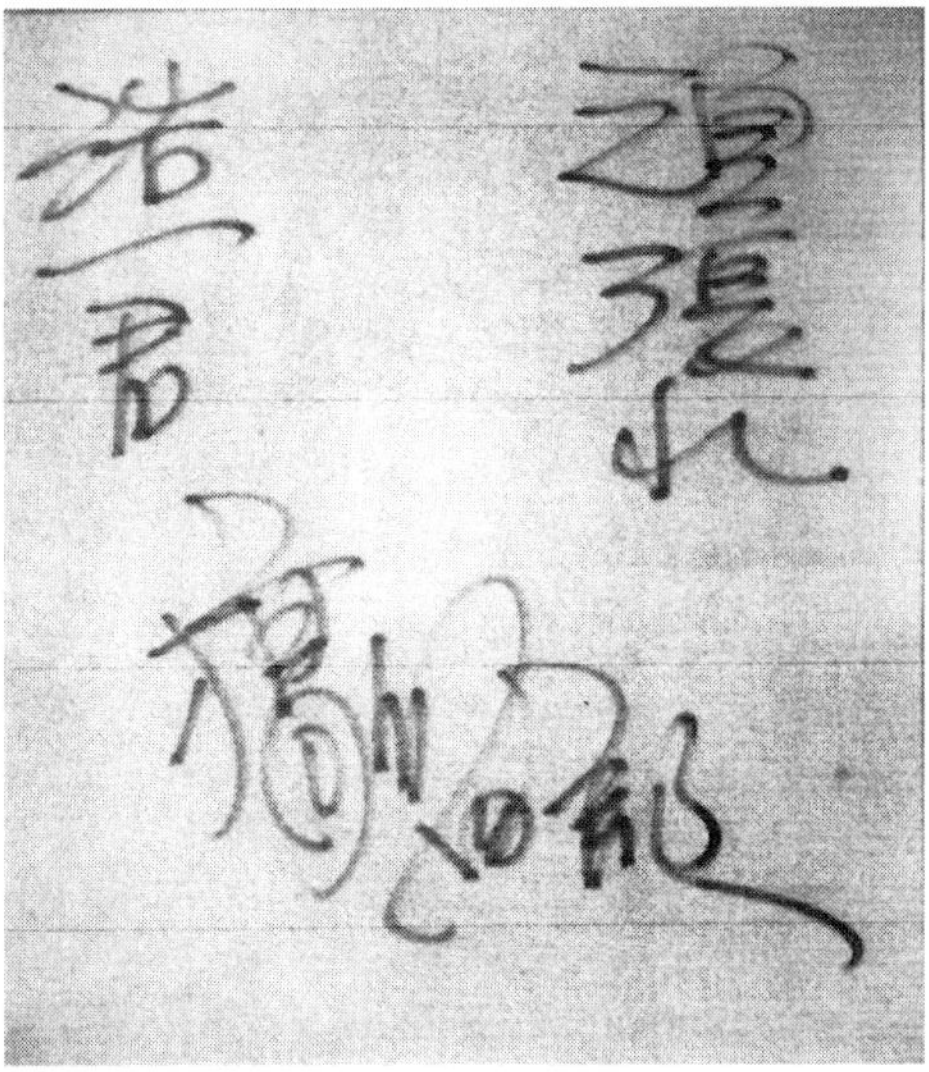
橋爪さんが贈って下さった色紙

Ⅱ　井上靖の万年筆

「井上靖」の万年筆
石原國利氏の講演

この二月に、沼津の井上文学館で「井上靖とわたくし」という講演があった。話し手は、井上靖の小説『氷壁』の主人公魚津恭太のモデルとなった石原國利氏である。

講演が始まる前に、石原氏が井上靖の著書『氷壁』にサインをして下さるという。早速バッグに入れてきた『氷壁』を持って、私は真っ先にサイン会場へ行った。石原氏は鼻が高く端正な風貌で、引き締まった体軀にスーツを着こなした上品な老紳士だった。私が小説から描いていた山男のイメージはひとかけらも見えなかった。

石原氏は銀色の万年筆で『氷壁』の扉に、「井上靖先生敬慕石原國利」と几帳面な四角な文字を、まるで彫るように丁寧に書かれた。それから「この万年筆は昭和三十二年に、私の大学の卒業記念にと、井上先生から頂いたものです。シェファーです。ペン先が強固で、もう五十年間も愛用しています」と、大事な宝ものを見る眼差で、話しながら手許の万年筆を見つめられた。

半世紀を越えた万年筆に、私は驚愕し、言葉を見失った。そして石原氏の井上に対する追慕の心に、計り知れないものを感じとったのである。

『氷壁』は主人公たちが前穂高で、切れないとされていたナイロン・ザイルが切れて遭難する。しかしザイルの公開実験ではザイルは切れず、主人公は不利な立場に立たされるという事実を縦糸にし、人妻との恋のフィクションを横糸にからめた作品である。朝日新聞に連載されると凄い人気となり、世間はザイルに対して関心を持ち、通産省がザイルの安全基準を決める強力な後押しにもなったと言われている。このことが、石原氏の井上への敬慕の源ではないかと思われた。

が、講演を聞いて、さらに井上の人柄も氏の敬慕の双璧となっていることがわかった。井上は著名な作家であったのに、学生の石原氏に「登山のことはわかりませんから、何でも教えてください」と丁寧に挨拶し、愛用の太字のシェファー万年筆を握りしめ、大学ノートに力をこめてメモをとっていたという。井上の識ることに対する謙虚な姿勢に深い尊敬の念を覚えたと語られた。

石原氏が井上邸に伺うと、話の途中でいつもおいしいコーヒーが出る。また「うちでいっしょに食事をしませんか」と家族と一緒の夕食を勧められ、カレーやポークの水炊きをご馳走になったこともあったそうだ。その上、晩くなると車で下宿先まで送って下さるなど、その頃学生だった石原氏の日常の生活とかけ離れた対応を受けたと話された。

氏の井上との親交は、『氷壁』が完結しても続き、一緒に穂高に登り、アフガニスタン、ネパールの取材旅行にも同行し、井上が亡くなるまで交流は続いたという。

万年筆、いや他のものでも、それに敬慕する人間が関わると、思い入れが深く滲みこんで、ただの万年筆ではなくなり、その人そのものになってしまう場合がある。だから石原氏は井上から贈られた万年筆を、半世紀も愛用しているのだと、改めて氏のサインを私は見つめている。

『氷壁』の背景

この一月八日沼津で、恩師渡邉先生ご夫妻を囲む中学時代の仲間の集まりがあった。その席で、N君が私の隣に来て唐突に「井上靖の『氷壁』はミステリー小説だね」と話しかけてきた。

私が井上靖を好きなことを知り、関心を呼ぶ話題を投げかけてきたことに、彼の心遣いを感じた。しかし、私は井上作品については自伝的小説『しろばんば』『夏草冬濤』や、西域ものの『敦煌』『異域の人』等に関心を傾けていて『氷壁』は、何十年も前に一回読んだだけだった。

この作品は若き登山家魚津を主人公にしている。魚津が親友の小坂と冬の前穂高に登攀中にザイルが切れ、小坂は墜落死してしまう。切れないと言われていたザイルが切れたことで、ザイルの切断に向けてのさまざまの憶測が飛び交い、魚津は苦境に立たされる。また彼は小坂が慕っていた美しい人妻に思いを寄せるようになっていく。その思いを振り切ろうと、落石の裏穂高D沢をあえて進み、遭難してしまうという粗筋《あらすじ》だった。私の読み方も浅く、アルピニストの清冽な恋愛小説くらいに受けとめていた。

だからN君に対しても「ナイロン・ザイルは主人公たちが前穂高に登攀していたときには切れたのに、事件後、ザイルのメーカー側が行った公開実験では切れなかったから、ミステリーだって言う訳?」なんて応答しか出来ず、これで井上ファンなんて言えるの?と恥ずかしくなり、帰宅すると早速本を引っ張り出した。再読するうち、俄かに興味が高まり、『氷壁』の研究書や解説文を漁り始めた。

その結果、これはアルピニストの清冽な恋物語というストーリー以上に、ザイルの件こそキーポイントであり、それが世間の耳目を惹いたことに改めて気づかされた。

このちょっとした衝撃に陥っていた折も折、僥倖があった。井上靖の命日である一月二十九日、湯ヶ島へ井上の墓参りに行った時に立ち寄った沼津の井上文学館で、石岡繁雄氏にお目にかかることができたのである。石岡氏は作品の中で、登攀中に墜落死する小坂のモデルとなった若山五朗氏の実兄である。

氏は八十八歳の高齢だが、焦点であるナイロン・ザイルのこと、さらに井上が『氷壁』を書くようになった経緯などを、静かな口調ながらも底に烈しさを秘めて、二時間余りも休まずに話してくれた。

以下は石岡氏から伺った話である。

昭和三十年一月二日、岩陵会のメンバーである石原氏（魚津のモデル）、若山氏（小坂のモデル）、澤田氏（小説には登場しなかった人物）の三人が前穂高東壁に登攀中にナイロン・ザイルが切れて、若山氏が墜落死した。

事故の後ナイロン・ザイル論争が興り、遭難者側は、実験などによりナイロン・ザイルはひっぱりには強いが、岩角には弱いという欠点があることを主張した。

それに対してナイロン・ザイルのメーカー側は、登山の権威者で国立大学の高名な教授S氏を責任者として、ナイロン・ザイルの強度を測る公開実験を行い、ナイロン・ザイルが岩場で切れにくいことを証明した（後で判明したが、実験に使用された岩角は面取りされていた）。

世間は、遭難者側の身内の検証より、大メーカーや著名な学者の言うことを信用した。「ザイルをアイゼンで踏んで傷つけたのではないか」「パートナーが切ったのではないか」「ザイルの結び方をあやまったのではないか」「自ら切断したのではないか」等々、遭難者側に冷たい憶測ばかりが飛び交った。『科学』という本など、当事者は自分たちのミスをナイロン・ザイルに転化しているという一文まで載せた。

事故の原因はナイロン・ザイルが切れたために違いないという、遭難者の兄の訴えを書いた『ナイロン・ザイル事件』を読んだ井上は、事件に興味を覚え、遭難パーティーの一人石原氏と、石岡氏に面会を求めた。

その会見の模様と、作家の目と胸にひびいた実感が、随想『過ぎ去りし日々』の「氷壁」の項にある。

（前略）私は登山家ではないので、雪の穂高で起こった事件について、いかなる判断もくだすことはできなかった。小説に取り扱うにしても、第三者として事件を客観的に書く以外仕方ないと思った。

しかし、この私の考えを完全にくつがえしたのは、安川繁雄氏の紹介で、事件の渦中の人物である若い石原国利氏に会い、その人柄に打たれたことであった。

—でも、実際に切れたんですからね。

という短い言葉を繰り返しているだけの青年の眼には、いささかの濁りもなかった。私は氏の言うように、ザイルは切れたのに違いないと思った。作家としては、この眼を信ずる他はなかった。（中略）私は「氷壁」という小説の主人公を、石原氏の立場に置いた。もちろん小説では事件と無関係な物語が展開して行くが、その中でナイロン・ザイル事件を正面に捉えて、石原氏の立場から書いた。

井上は、ナイロン・ザイルは切れたという確信を抱きつつも、作家という立場上、切れたと断定しないまま、『氷壁』を昭和三十一年の十一月から朝日新聞に書き始め、圧倒的な話題を呼ぶ。なお、執筆する前に石岡氏らに「多くの人々に読んで貰うために、ロマンスを加えてもよいか」と確かめたそうだ。

石岡氏は「弟が人妻を慕う小説を読んだときは、驚いてしまった」とこのときだけ頬を緩《ゆる》められた。

氏は小説の中に、ナイロン・ザイルは切れたという真相を書いてもらいたいと訴えたが、井上は善玉、悪玉の小説ではないからこれ以上は書けないと、筆には慎重だった。

事故から二十年。昭和五十年六月になって、ようやく石岡氏たちの主張が受け入れられ、通産省がナイロン・ザイルの安全基準を制定した。

石岡氏は「『氷壁』が大多数の人に読まれ、世間にナイロン・ザイル事件への関心が高まったことで、ついに行政も動きだし、真相解明への大きな力となった」と井上への感謝の言葉で話を結んだ。

私はN君の『氷壁』はミステリー小説だという言葉がきっかけとなり、いままで見えなかった『氷壁』の背景にある井上の「人を見抜く眼の深さ」を改めて知ることが出来たと思っている。

『敦煌』と井上靖

愛読した本はと訊かれたら、いま、私はためらわずに、井上靖の『敦煌』と答える。数えたわけではないが、十回以上は読んでいると思う。

繰り返し読むと、ストーリーの背景にある異民族と抗争の中国の歴史が浮き彫りになってきて、今まで疎遠だった宋や西夏の時代にも、関心が向いてきた。

恥を曝すと、読んでもこの小説に書かれた都市、山、川等の名前はなかなか覚えられなかった。しかし小説『敦煌』の舞台となった、敦煌をはじめとする河西回廊の諸都市や、西夏の都だった銀川《ギンセン》等を数度訪れた後は、それらはひとりでに記憶に入っていった。現在はページのなかに訪れた土地を見つけると、親しみを抱き、ますますこの小説にのめり込んでいく。

その『敦煌』の粗筋はこうである。科挙の試験に落ちた主人公の趙行徳が、開封の町で西夏の女を助ける。そのとき、その女から貰った布切れに書かれた西夏文字に異様に惹き

つけられる。そしてその文字を解読したいと行徳は、はるばる西夏の国を訪ねるまでになる。

その西夏が十二世紀の河西回廊の都市を次々と侵攻し、漢族やウイグル族を制圧して行く歴史に、行徳とウイグルの王女とのドラマチックな恋を鏤めてある。

最後に敦煌が西夏に侵攻され、灰燼とされる前にと、行徳は貴重な経典等を鳴沙山の千仏洞に封じ込めた。そして、その経典等は二十世紀の初頭に日の目を見る。これが、この名作の最終章である。

井上はこの作品のモチーフは京都大学の学生だった私の心に飛び込んだと、エッセイ「『敦煌』作品の背景」に、書いている。当時井上は大学には通わずに、西域関係の書物を読み耽っていたという。その中で、二十世紀の初め、王道士が敦煌の千仏洞の一つから沢山の貴重な古文書類を発見し、その価値を知らない王道士からスタインやペリオ、さらに大谷探検隊に依って、その経典等が買い取られたことを知った。

そして井上は、いつの時代に、誰が、いかなる理由によって、その窟洞へ夥しい数の古文書を塗りこめたかとの疑問を持つ。しかしこの疑問に対して、答える史書も、歴史学者の見解もなくわからず仕舞いだった。

その後井上は作家になり、先の「いつ、だれが、いかなる理由で」の疑問が、小説の材料として再び浮上した。窟洞から発見された古文書の中で、宋の時代のものが一番新しい時代であったということをヒントに、井上は写経の塗りこみは、西夏の侵入に対しての避難だったと推定をする。

この材料を小説とするために井上が準備を始めたのは昭和二十八年。それから『敦煌』を執筆する昭和三十三年までの五年間、膨大な史書、文献を読破する。

井上は法顕の〃空に一飛鳥なく地に一走獣なし〃〃人骨、獣骨の類を以って、行路の標識となすのみ〃の文面や玄奘三蔵の〃城郭は粛然たれど人煙は断絶せり〃の文章から、タクラマカン沙漠や砂に埋もれかけた廃城が見える大沙漠のイメージを形成していった。だから現地に行かなくても執筆できたのだ。

私が一番驚嘆したのは、井上が京大人文科学研究所の藤枝晃氏の論文、「沙州帰義軍節度使始末」を集録した雑誌を図書館から借り出して、大学ノート五冊に書き写したということである。

この頃、井上は多忙をきわめる著名な作家で、新聞に『氷壁』『あした来る人』などを書き、他にも『風林火山』『淀どの日記』『天平の甍』『楼蘭』等の作品を執筆。その上取材旅行、講演にもたびたび出かけている。その時期に大学ノート五冊も自ら転記したということは、いかに作品への思いが強烈であったかを如実に物語っている。

世間は井上に「ストーリーテラー」という肩書きをつけ、天性の才能の人と思い込んでいるふしがある。

しかし名作の背後には、長い時間をかけて題材を熟成させ、丹念に資料を収集し、想像力を高めていった努力の人、井上がいたのである。

このような活字になっていない小説の背後を知ると、井上とその作品への傾斜が一層激しくなってくる。

ここまでで、筆を置くつもりであった。が、ある想いが突然、稲妻のように光った。この主人公趙行徳は、井上自身ではなかろうかと。

布切れに書かれた三十字ほどの西夏文字に心を奪われ、出世に繋がる官吏への道を簡単に捨てた行徳。一方の井上は医家に生まれ、医師を目指すはずだったが、沼津中学時代、友達の藤井寿雄氏の詩、

カチリ
石英の音
秋

を読み文学の洗礼を受け、文筆に目が向いたと述べている。そして井上は医学の道に進まず、作家となった。

レンブラントの代表作《夜警》の画面に、レンブラント自身の顔が認められるように、私は小説『敦煌』に井上靖の姿を見たと思っている。

香妃を訪ねる

「香妃」に関心をもつようになったのは、何気なく読んだ團伊玖磨の随筆「香妃を追う」からであった。

「全身から沙棗の芳香を立ち上らせていた絶世の美女が昔中国の西域、シルクロードにいた」と、メルヘンかと惑うような書き出しが、私の香妃への憧れを強くかき鳴らしてしまった。

その文章のなかに、一九七九年（昭和五十四年）の夏、僕は中島健蔵、井上靖、宮川虎雄、東山魁夷、藤堂明保、司馬遼太郎さん達と新疆・維吾爾自治区への旅に出たとあったので、井上靖も香妃について執筆しているに違いないと思い、すぐ『井上靖全集』を繙く。

思った通り、井上は香妃について書いていた。生前、香妃の匂いについて調べていた岳父・足立文太郎に送るつもりで『香妃随想―足立文太郎遺稿刊行に当って』を書き綴ったとある。

井上は、香妃については数々の伝説があるので、どれが真実に近いか、架空の物語か、よく判らないとしながらも、四つの話を取り上げていた。

—カシュガル地方にホージャという勢力のある一族があり、その兄弟が叛乱を起こしたが、清朝の乾隆帝に平定され、弟の妃の香妃は乾隆帝の後宮に入れられた。しかし香妃は夫への貞操を守るため、いつも懐剣を離さず、帝の意に従わなかったので、聖徳皇太后から死を賜わる（最もポピュラーな話）。

—ホージャ家の二つの家系が清朝に叛乱したとき、香妃兄妹の一族は清朝側についたので、その功により香妃は乾隆帝の妃になり、兄とその一族も厚く偶される。

—河北省にある乾隆帝の東陵の側に、妃嬪たちの墓がある。なかにウイグル文字が書かれている棺に入っている五十五歳で亡くなった容妃、すなわち香妃だと思われる墓がある。

—ホージャ家と清朝は康熙帝の頃から交流があり、勧められて香妃は乾隆帝の妃となる。妃となる際に香妃が出した条件の一つは、彼女が亡くなったときには故郷に葬ってもらうことだった。その約束は守られ、遺体は三年がかりでカシュガルに送られて来たという。

また『私の西域紀行』の「崑崙の川、パミールの川」の項でも、井上は八月十七日の午後に香妃墓を参観し、墓の様子やさまざまな運命の香妃たちに筆を触れていた。

私はかつて敦煌の鳴沙山で観光用の駱駝から降りてすぐに、脳貧血を起こして砂の上に倒れたことがある。近くに助けてくれる人もいなくて、このままでは砂漠のなかで干物になってしまうと恐れ脅えたので、シルクロードには二度と行くまいと思っていた。だが、香妃にまつわる複数の伝説は私の好奇心を駆り立て、彼女の故郷カシュガルに行きたい、行かなければならないという思いに取り憑かれてしまった。そんな私の心を読み取ったかのように、カシュガルまで行くシルクロードの旅の案内が舞い込んで来た。

平成十六年の十月、いつもの中国好きの旅仲間八人と、雑誌に中国の旅の達人と書かれたヴェテラン添乗員谷口さんとで出かけた。

西安、蘭州、嘉峪関、安西、敦煌からウルムチを巡り、さらにウルムチから飛行機で約一時間半飛んで、中国の最西端の都市カシュガルにようやく着いた。ホテルはかつてロシアの領事館だったという色満賓館。部屋の壁紙はロシア風だが、粗い改造のためか隣の音を全て通してしまうのには、苦笑してしまった。

翌日、カタクリ湖に向かう途中の道路の両脇に沙棗の木が沢山あった。残念なことに芳香を出すという花の時期は過ぎていたが、朱色の小さな茱萸《ぐみ》に似た実を付けていた。

カシュガルでの三日目の午後、今回の旅の目的地香妃墓に行く。香妃の名前が独り歩きして香妃墓と呼ばれているが、実はホージャ一族七十二人が葬られている和卓墳《ホージャフン》である。グリーンのタイルが貼られ、正面からドームが覗いて見えているイスラム建築だ。前庭には、ピンクの薔薇と真っ赤なカンナが一面に乱れ咲いていて、甘い匂いを秋空に撒き放っていた。正に香妃の墓に似つかわしい風情である。

墓廟の中には布を被った墓石が、いくつも置かれ、香妃の墓は赤茶色の布を被されていた。墓廟の左端の方に、香妃の遺体を北京から百二十人で三年がかりで運んできたという赤い轎があった。

現地ガイドの趙海龍さんは廟の中を案内しながら、ここの香妃の墓は実は香妃ではなく、容妃の名を持つ嫂だと説明した。それでは本当の香妃はと訊くと、乾隆帝の東陵の近くの墓に埋められている容妃が香妃であるという。

また香妃の遺体を運んできたとされている轎が、粗末であることもその話の裏付けとしてあげた。乾隆帝の愛妃の亡骸を運ぶものとしてはシンプルな轎は、香妃伝説に添わせるために置かれたものだろうか。

井上は香妃の物語がいくつもあるのは、西域から香妃の他にも何人かの女性が、乾隆帝の宮中に入っているので、彼女らが複数の香妃となったのか、或いは全ての話の香妃が同一女性であるという見方もできると述べている。また香妃伝説が少しずつ変形する度に、新しい香妃が登場させられた、との見解も入れていた。

香妃墓の近くのお土産店で、イタリー人の宣教師カスチリョーネが描いた甲冑を着けた香妃の画の複製を買った。軍装の香妃は面長で眉が長く、切れ長の眼には少し寂しさの影を感じるが、凛としている。

香妃の画像に見惚れているとふいに、香妃をヒロインとした小説を井上が書いたとしたらとの想いが横切った。

乾隆帝の愛を受けながらも、望郷の念に駆られていた香妃の北京での日々を、カスチリヨーネを『孔子』における蔫薑《エンキョウ》のような語部にして、井上は書くように思えてきた。

董さんと王さん

旅行会社が開催している中国の詩文の講座を、四年前から受講している。ここでは李白、杜甫、蘇東坡、白楽天の詩や『三国志』『史記』等を学んだ後、詩人たちの足跡や歴史の現場を訪ねる、という流れになっていた。

私は詩文の勉強や漢詩を作るよりも、旅を深く楽しむために講座に顔を出している不埒な受講生である。

この三月、教室の講師高本先生と受講生八人が、詩人の他にも政治家、書家、画家等のいくつもの顔をもつ蘇東坡の晩年の足跡を主に訪ねる旅に出かけた。

最初は桂林で、蘇東坡とは関係がない所だが、目的地の海南島や広州の近くだった。多くの詩人を感動させ、詩を詠ませた桂林を、この機会に私達に見せ、漢詩を作らせようという先生の意図が、感じられた。

桂林のガイドは董文利さん。『三国志』の董卓と同じ董です、と自己紹介する。しかし彼

は、太っていて遺体の臍《へそ》へ芯を入れて火をつけると、体の油が三日三晩燃え続けた、と伝えられている董卓のイメージから離れた、痩身の中年男性であった。

桂林は二日間の滞在だった。漓江下りでは、山水画そのままの風景の中に浸り、隠者になったような気分になった。またパンフレットに「天への梯子」と書かれている龍勝棚田は、段々になっている細い棚田が、縞模様に見える。

龍勝棚田を登って行くと、生まれてから一度も切ったことがないという髪を頭上に束ねている瑶族の女性と会う。棚田の壮観さと、少数民族の風俗に心を打たれた仲間のMさんが、すぐに漢詩を作り始めた。

私が桂林で一番感動したのは、景色のすばらしさではなかった。それは董さんが話す日本語だった。彼の日本語のアクセントやイントネーションは、日本人とまったく変わらない。むしろ、より正確にも思える程だった。

勿論、「問題アルヨ」「お腹《なか》イタイ」等の中国人によくありがちな助詞の省略も、全くなかった。それどころか、現在はあまり聞くことがない「お祈りをささげます」「お相伴にあずかります」「心待ちにしております」「相俟《ま》って」のような、遠い昔の言葉を、淀みなく使いこなしているのである。

『草枕』には、田舎の茶屋の婆さんが、「身の成り行き」とか「懸想」等の古雅な言葉を口にするのが思いがけなかったとあったが、私はくだんの古雅な言葉を、中国人から聞いたのである。驚いた。同時に私の好奇心が鎌首をもたげる。

「大学では日本語の専攻ですか」

「日本文学の専攻です。ガイドになる前は、上海の大学で先生をしておりました」

「好きな作家は？」

「芥川龍之介と夏目漱石です」

この言から、董さんが使う日本語の源流が、見えた気がした。

「日本語、とてもお上手ですね」

と褒めると、こんなことを話してくれた。

董さんは奉天（一九四五年から名前が瀋陽に変わったのに、何故か彼は奉天と呼ぶ）生まれだった。両親は奉天に住んでいた日本人から覚えた日本語を、幼いときから彼に教えていたという。さらに、日本人はマナーがよく、きれい好きだから好きです、と加えた。

董さんと会話を重ねていくうちに、彼は中国語より日本語の方が相性はよいのではないか、とさえ思えてきたほどである。

次は蘇東坡が晩年左遷された海南島へ行く。三亜空港に着くと、ガイドの王理新さんが、旅行会社の手旗を広げて待っていた。彼は陽に焼けた大柄な、やはり中年の男性だ。いかにも南国の人らしい豪放な感じがする。

最初の観光は、島の最南端の海岸、天涯海角へ歩いて向う。天涯海角という名は、流人には、天地の果てと思われ、付けられたと言われている。

道の両端に、街灯のようにぼんぼりが続いている。どのぼんぼりにも、老子の言葉が書かれていた。先生は何度も立ち止まっては、「怨みを報ゆるに徳をもってす」「天網恢恢疎《てんもうかいかいそ》にして漏《も》らさず」等々と読み上げては、それぞれに解釈を付けて下さる。その光景を王さんが、不思議そうに眺めていた。

王さんの日本語は、かなりぞんざいだった。桂林の董さんが優雅な日本語を使っていたから、彼の日本語のお粗末さがいっそう目立つ。「話アル」「中国アル」等、助詞が全部抜けるのは仕方がないとしても、大雨を「大きい雨」小雨が「小さい雨」だった。またマンションとデパートを取り違えて話す。何か尋ねても、わからないと聞こえない振りをして、離れて行ってしまう。

許せないと思ったのは、高本先生を「高本」「老子会社長」または「老子会会長」と呼ぶことだ。ムッとした私は、王さんに意地悪な質問を放ってやった。

「王さんは日本語科の出身ですか？」

「はい、大学、日本語科。しかし南の大学」

と笑い、レベルの高い大学ではないことを暗に匂わせた。

先生に、こんなことも言った。

「私、中国語教える。会長、日本語先生なって」。まるで、知らぬが仏である。先生は、現在は日本へ帰化されているが、台湾出身で、中国語は母国語なのだ。

海南島では蘇東坡の遺跡は勿論、他の名所旧跡の説明も、専ら先生の独り舞台となった。王さんはいつも、私たちの後ろにいた。

島の最終日、蘇東坡を記念するために建てられた東坡書院を訪れる。ここには蘇東坡の書跡と拓本、文物史料等が沢山あった。最後のガイドは自分がしようと思ったのか、王さんがある文書の前で説明を始めた。すると先生が王さんを呼び、柱の蔭で小声で話されている。そしてここの説明も、王さんから先生にバトンタッチされた。

帰国後その理由を、先生に訊ねると、文人で政治家でもあり、且つ蘇東坡と関わりがあった欧陽脩《おうようしゅう》の文を、蘇東坡のものと、王さんが勘違いをしたらしい。

海口空港で別れるとき、鬼瓦のような顔の王さんが大きな目を潤ませ、少年のように涙を落としている。彼は先生の手をしっかり握り「大先生《だいせんせい》……」と頭を下げていた。

その情景を見た私は、今までの王さんへの不満が一遍に霧散した。

旅から戻って四ヶ月が過ぎた。王さんの涙を流す顔は、浮かんでくるが、董さんの顔は思い出せない。彼の古雅な日本語は、深く刻み込まれているのだが……。

浅田先生の言葉

二十年ほど前のこと。私は「書くということ」について書いていた。何行かを書いたところで、恩師浅田先生がおっしゃった言葉「せめて吉屋信子くらいになれよ」が、突然甦ってきたのである。

浅田先生は静浦中学の図工の先生。そして一年のときのH・Rの担任でもあった。その関わりから放課後はよく先生の事務の手伝いを八恵子さんとした。ときには先生が顧問をしておられた美術部のモデルに駆り出されることもあった。その結果、先生と一緒の下校が多くなっていた。

山の中腹にある中学校から江浦のバス停留所までの坂道を、先生と並んで降りて行くのが、何か特別扱いを受けているように思えて、うれしかった。その道すがら、せめて吉屋信子くらいにはなれよと、先生は言われたのである。

当時の私は吉屋信子がいかなる作家かは知らず、無論、作品すらも読んでいなかったと思う。ただ、目の前に見えた夕焼けの空に吉屋信子という名前を重ね、淡い憧憬を抱いたのである。このとき私が先生にどんな返事をしたのかは、残念だが覚えていない。

一学期の終わり近くだった。学校新聞に「先生訪問記」を書いてみないか、と先生は持ちかけてこられた。二つ返事で、同じ文芸部の大庭悦子さん（旧姓鈴木）と栗林榮子さん（旧姓大木）の三人で夏休みに、湯ヶ島の地蔵堂にあるご自宅を訪ねた。アトリエにかけられていた白い開襟シャツを着た先生の自画像が、いまも私の目に浮かび上がる。

インタビューが終わると、先生は近くの山の中に私たちを、案内してくださった。そこには一本の滝が白いしぶきを激しく飛ばしながら勢いよく落ちていた。先生は滝を見上げて、言われた。

「浄蓮の滝のようには人には知られていないが、すばらしい滝だろう」

このときは気がつかなかったが、含蓄に富んだ言葉だと思う。

何かと私に目をかけて下さった先生は、二年生のときに転勤されて行った。そして私はいつしか先生の言葉を忘れ、不肖の生徒になった。

先生の言葉に思いがけず再会したのは、それから四十年近く経ってからだった。

『惜別の』随筆早速読ませていただきました。通園バスのなかでずっと読んで今その続きを読んでいます。途中だけど一言お礼申しあげます。文章が洗練され、内容、表現ともに清純な感を受けました。やはりあなたは文才に恵まれた人だと思います。今日まで実業面で意義ある足跡を残されたようですが、それはそれで価値あることでしょう。これからは貴女本来の天性を生かして愈愈文筆に精進されることを期待しています。文中「尾正の信」とても心うたれました。また巻頭に小生らしき者の一言を心にとどめておいて書き記して下さったこと感激です。益々あなたの今後を祝っています。

『惜別の』は、恐いもの知らずの私が昭和六十三年に自費出版した本である。いまは恥ずかしくて、出来ることなら、差し上げた方全員から返して頂きたいと願っている冊子だ。独りよがりの拙文で埋めた本であったのに、先生は過分なほめ言葉を探して、私を励まして下さった。「文中の小生らしき者の一言」とは、先の「せめて吉屋信子くらいにはなれよ」と、下校時に私に繰り返された言葉である。

振り返ると、先生は単に文章や詩を書くことが好きだったのに過ぎない私に、書くことへの夢をいつまでも掲げてくださっていた。たぶんそれは先生と出会った当時、母と離れて祖父母とくらしていた私の孤独な境遇を思い、書くことで寂しさを払拭させようとしたことが発端ではなかったろうか。

先生は逝かれた。しかし、先生の言葉は私の中で生き続けている。私が会社を退職したのも、先生の言葉によって仕事以外に自分を描くものを思い出したことも、一因だったと思う。

カルチャーセンターに通い、おそまきながら文章の書き方の勉強を始めた。

そんな私を見て、周囲の人たちはいい年をして、時間とお金をドブに捨てていると嗤う。才能も乏しく怠け者の私は、吉屋信子の足許にも近づけないことはわかっている。それでも、浅田先生の言葉を反芻しながら、私はペンを持っていきたい。

背景に愛情を感じる言葉は、物凄い力を持っていると、私はいま痛感している。

秘すれば花

井上靖の詩や小説が好きで、読むだけではあき足らず「井上靖研究会」に入っている。研究会では作品の舞台になっている土地を年に一回訪れるのが定例になっていた。今年は『通夜の客』の鳥取県の日南町であった。また日南町は井上が昭和二十年六月に家族を疎開させ、幾回か訪れた場所でもある。

大学の先生、研究者、学生たちの研究発表が終わると懇親会になった。隣の席は自称「井上病」に罹っている峰岸さんだった。彼は井上靖の作品は勿論、「井上靖」の名前が一ヶ所でも載っているものなら、他の筆者の文章や、雑誌、新聞の記事や投稿欄まで蒐集し、自宅の一室を「井上靖文庫」にしているそうである。阿刀田高の『ナポレオン狂』で狂気のように、ナポレオンの痕跡を集める南沢氏に近いような人だと思っている。

峰岸さんが、詩人で小説家の足立巻一と井上とのエピソードを話してくれた。

井上が毎日新聞大阪本社から、東京本社に転勤が決まったときの話である。井上は当時

「毎日」の傍系新聞「新大阪」にいた足立を、傍系は不安定であるからと、「毎日」へ移るよう蔭で骨を折った。その厚意は実りこそしなかったが、足立はずっと後で学芸部の人からそのことを聞いて驚き、号泣したい程の気持ちになったと書いているという。

この話を聞いたとき、私が生命保険会社で営業職員をしていたとき出会ったS社のT常務がパッと脳裏に浮かんだ。T常務は偶然にも井上と同じ京大の出身で、当時ビジネスの本ばかり読んでいた私に、井上の『しろばんば』『夏草冬濤』『北の海』を読むように勧めた人であった。余談だが、私の井上作品への傾倒はここから始まったのだった。

またT常務は私の仕事の仕方を見ていらしたのか、一本釣りの仕事ばかりでは効率が悪いのではと雑談の中でおっしゃったことがあった。つまり一人ひとりに保険を勧めるのでなく、もっと効率の良い保険の募集法も考えよということだったと思う。しかし、保険は個別に提案するものという固定観念に囚われている私には遠く感じられて、思いつくことが出来なかった。

T常務が七十歳を待たずに会社を勇退されてから間もなく、私は総務課から声をかけられた。「新入社員の研修期間に生命保険の説明会をしてみないか」ということであった。勿論、私はその話に飛びついた。

S社は毎年四十人位の新人が入っていた。説明会の効果は一目瞭然であった。早速に保険に加入したいという申し出が四人いたし、その後の提案のときも、保険の役割、種類、メリット、デメリット等について説明会で話してあったお蔭で実にスムーズに運んだのである。

二〇一四年にT常務は八十五歳で亡くなられた。告別式の後、あの保険説明会の発案者が氏であったことを、S社の総務の方から伺った。そのことを伏せて一言も漏らさなかった氏の思いやりの深さが胸に沁みわたった。

世阿弥の『風姿花伝』に、有名な「秘すれば花」の言葉がある。「秘して人の目に触れないようにすればそれが花となり、隠さなければそれは花とならない」とあった。これは能についてであろうが、「思いやり」も井上靖やT常務のように、表に現れないようにしてこそ、「花」だと思えてならない。

＊ 参考文献『風姿花伝』現代訳　夏川賀央

北川冬彦先生訪問記

八月十一日。小さな子供が遠足に行くように、私達の胸は弾んでいた。何故なら、短詩運動、新散文詩運動、長編叙事詩運動、ネオリアリズム詩運動と、常に現代詩の最前衛運動を提唱、リードし、現代詩の水準を今日にまで高めてきた詩壇のパイロットともいうべき北川冬彦先生をこれから訪問するからだ。

汽車の中で、北川冬彦先生を訪問後のプランを聞くのだが、みんな北川先生のことに夢中になって、先生の詩集を膝の上にのせて、少しも耳を貸そうともしない。

中央線に乗って信濃町駅で降りた。私達の知っている東京とは、およそ違う静かな田舎町のような所だ。「北川冬彦」と小さな表札のかかった木戸をくぐる。奥さんが出ていらっしゃって、編集室へ通してくれた。編集室は八畳くらいの広さで、半分板の間で残り半分は畳が敷かれてある。北川先生がまだお見えにならないのをよいことに、お部屋をぐるっと見わたす。編集室なんてとりちらかしてあるところという、私の予想を裏切って仲々整

然としている。大きな本箱についで、沢山の状差しが目についた。その一つ一つに、「現代詩入門寄稿」「冬彦私信」と先生が自ら書かれたらしく、分類してあった。この部屋の上に中二階があり、机と椅子が置かれてあるのが見えた。きっと先生がお仕事をあそこでなさるためであろうなどと勝手な想像をしていると、和服姿の先生がいらっしゃった。

みんな固くなって、作法の時間以外したことがなさそうな姿勢をとる。先生は、頭も白く温厚なおじいさんといった感じだが、目の鋭さと「北川冬彦」という名声がみんなを固くさせたのだろう。

「今日は、どういうことを聞きたいのだね」

低い、それでいて重みのある声で、固くなっている私達に声をかけて下さった。

ネオリアリズムについて

最初に先生の主張されているネオリアリズムについて尋ねた。

「どういうふうに説明したらいいのかな」

と、詩の初心者である私達にわかるようにと、ちょっと思案なさって、

「ネオリアリズムということは、実感を基とし、その実感の上に細工し、肉づけすることですよ」
とおっしゃって、有名な「馬と風景」の詩をお出しになった。

馬と風景

前屈みになったかと思うと
その大きな尻と
縮めた二本のうしろ脚が
宙に浮いた。
風景を蹴上げたのだ
その風景は名残惜しげに飛び去ったが
その風景の還ってくるのは
いつのことであろう

やがて

馬は長い首を垂れて
その分厚な唇で
ま探ったが
その風景は　まだ還っていなかった

「これは、私が浦和に疎開している時の作品です。ある時公園に出かけると、馬がつながれていた。私は馬が好きなので、近くに行くと馬が突然、蹴上げた。普通の人が見たならば、単に馬が蹴上げたのにすぎないかもしれないが、私の実感として、風景全体が蹴上げられたような感じがした。この時『これは書けるぞ！』と思い、書いたのがこの詩です。馬が風景を蹴上げた時の感じが、日本が負けた感じに非常によく似ていた。二連の『やがて馬』以下は、日本の回復に対する探究です」

そして、ネオリアリズムに於ては、実感を大切にすることが一番重要だと強調され、世間一般によく知られている、「ラッシュ・アワア」をお読みになった。

ラッシュ・アワア

改札口で
　指が切符と一緒に切られた。
「これは、ネオはなく実感だけに限定されている。ラッシュ・アワアの切実さを出すために、指が切符と一緒に切られたとした」
　といわれた。

中国のこと

　次に「現代詩入門」で、昨年の秋、先生が日本文化人中国訪問団のお一人として、中国へ行かれたのを知っていたので、中国の感想を少しお聞きしてみた。

「まず、人々が非常にゆったりとしていることと、清潔なことには驚きましたね。以前の中国は、こんなにちりが積もっていましたからね」

　と、手で三十センチ位の高さを示された。

「それから、人民が実に毛沢東を尊敬しておる。毛沢東自身も、ソ連の政治家のように傲慢でなく、日本の政治家のように笑ってばかりいないで、愁いを含んだ顔や態度が印象的でした」

又、中国人が日本人によく似ていることをお話になり、先生が中国のある高等学校の先生と間違えられ、後日偶然にその高等学校に行き、その先生と一緒に写真を撮ったエピソード等も話してくださった。

写真といえば、先生は中国へ行く時、

「私は写真機でなく、肉眼で中国を見てくる」

といって、写真機を持って行かなかったとのこと。「外国で、眼鏡をかけ写真機をぶらさげている人を見たら日本人だと思え」といわれているそうだが、そんなところにも詩人北川冬彦らしさがあるように思われた。

夫人のこと

先生とお話している間に気が付いたことだが、奥さんが始終先生の側にいられて、あれこれと一緒にお話して下さることだ。日本の家庭に於いては、来客が来た時、夫が客の接待にあたり、妻は台所の方にひっこんでいるのが普通とされているので、つくづく感心した。先生が、「あの詩集は――」「原稿は――」といわれると、すぐお出しになり、よく先生の仕事を理解していることがわかった。これは後で聞いたのだが、夫人も詩人だそうだ。そのことが、先生のお仕事の上にどんなにプラスになるか書く必要もないだろう。

動物のこと

先生の写真を撮らせて頂いていると、奥さんが、

「チーコを撮って下さいませんか?」

とおっしゃるので、お子様のことだとばかり思っていると、猿を一匹連れて来られた。先生も夫人も動物が大層お好きらしく、その他犬二匹、猫三匹を飼っていらっしゃる。特に、猫は夫人のお乳で大きくなったということを聞いて、非常に驚いた。この猫は、人語を解するらしく、夫人のいうことなら何でも聞くそうだ。

最近の高校生の詩のことなど

最近の高校生の詩の傾向をお聞きする（先生は「現代詩入門」「若人」等の撰をなさっている）。「「若人」や「高校時代」とか、色々見るんだが、その撰者の作風になり易いようです。だから一概にいわれませんが……」

そこで持って来た「櫨」「潮音」等のクラブ員の作品を見て頂いた。先生はその一つ一つに、

「この行とこの行とは、入れ替えたらよいですね」

など、細かい注意をして下さった後、

「さすがに町田さん（顧問の飯塚先生のペンネームは町田志津子である。飯塚先生はネオリアリズムの詩人）が教えるだけあり、抒情詩など一編もありませんね」

とおっしゃった。

「詩の勉強はどうしたらよいでしょうか？　先生の経験からいって」

「まず、色々の詩人の作品を並列して読むことですね。その中に必ず、自分にピッタリとするものがある筈です。それをチェックしておいて、今度はその人の詩集を全部読むことです。そうかといって、その人に没頭していて模倣ばかりしてはいけません。時期が来た

ら脱け出すんです。そして自分独特のものを作るようにするのです」
自分独特のもの——。それは実感に他ならない。私達は実感の重要性というものをここで再び認識して、動物と名物の枸杞に囲まれた北川家を辞した。

訪問の後

外に出ると、三十度を越す太陽が私達を容赦なく照らす。それでも、長い間の緊張感から解かれてみんなすこぶる元気がよく、よくしゃべる。

「あのぼそぼそ話すところが詩人らしくてよかった」

とか、

「あんなにお年を取られていて、中国までよく行けたわねェ」

あげくの果てには、

「足が痛くなって困った」

まで話す。その勢いで新宿へ行き、コマ劇場に入り、喜劇「真夏の夜の夢」と「日本意外史」を観覧し、思う存分笑い、帰途についた。なお一行に先輩の山崎道枝さん、山賀百合子さんが同行して下さったことは大変嬉しかった。

三十年ぶりの弔辞

先生の訃報に接しましたとき、とめどなく頬を落ちる涙とは裏腹に、随筆や詩への思いが募ってまいりました。

先生の家とは、お母様が私の実家から出ました縁で親しい親戚でした。

先生が在職されている沼津西高等学校に入学する前から、私は先生に作文を見て頂きました。初めて先生のご指導を頂きましたのは、中学一年のときでした。「映画「やまびこ学校」を見て」の感想文で、「よく書けている」と、褒めて下さり、嬉しかったのを覚えています。

西高に入学すると、先生の顧問の文芸部に当り前のように入部致しました。そこで、現代詩に対面致しました。また、北川冬彦先生のお宅へ連れて行って下さり、憧れていた詩人とのお話が出来ました。

卒業後は詩誌「塩」を送って下さり、東京の結婚式にも出席して下さいました。お便りは一九二九年の九月に頂きましたのが、最後になりました。先生の随筆「斜陽館」を読んだ感動が私を津軽に誘い、その折、差し上げました絵はがきへのお返事でした。

お便り嬉しく拝見しました。
家を空けていてお返事おくれてごめんなさい。東北の旅よかったですね。だいぶ前　ちょうど今頃、初秋のあそこでお茶をのみました。　お元気で
九月六日

このはがきが重病の入院中に書かれたことを知りましたのは、先生の入院を聞き、十二月に沼津の杉山病院にお見舞いにあがったときです。ご自分が入院中であることを知らせなかったお心遣いの深さに、私は言葉を出せず、ずっと俯いたままでした。
先生、私は先生の詩と随筆が好きでした。洗練されている文章と澄んで高いイメージの詩に魅かれました。

野菊

夏の葬式がすんだばかりで
野山はくたびれて寝呆ろけている

梢のてっぺんで鳥が
涙をこぼしながらあくびを噛みころす

そんなとき
誰か生き生きと合図したと思ったら
流れに傾いて
空の睫毛
野菊

一番好きな詩です。

これからは私が作品や自費出版した本をお送りすると「やはり文芸部ですね」とか、「おもしろい本が出来ましたね」と書いて下さる先生はいらっしゃらないのですね。

私は不肖の生徒でしたが、これからは「折にふれて書いていきなさい」の先生の言葉を心に宿し、書いてまいります。そしてまた、本に纏めます。
先生との出会いに感謝申し上げ、お別れのご挨拶といたします。

一九九〇年二月二十三日　　　　　　　　　　　　　濱本久子

葬儀に読む予定でしたが、弔辞を読む方が大勢いらしたので、身内の私は控えました。三十年余りの歳月を越えて、飯塚先生への弔辞をここに載せます。

Ⅲ　好きな場所

習字は

　夜学に通っている。

　といっても、実は都内のカルチャーセンターで、十九時から文章の講義を月に二度ばかり受けているだけのことである。通っていた横浜のエッセイ教室がこの四月に休講になり、つなぎというか、浮気というか、何故か申込んでしまった。

　七月には横浜の方が再開されるので、勿論申込み、夜学の方は中退するつもりでいた。しかし夜学は十人足らずの生徒なので、人数が少ないと教室がなくなってしまうと教室の仲間に懇願され、続けて受講することにした。

　しかし意外にも蓋を開けてみると、生徒が倍にふくれ上がっていた。しかも若い人が多い。就職試験の作文対策のためだという。不純な動機ね、と言おうとしてあわてて口を閉じた。彼らが受講する理由と、私が習字を稽古するようになったきっかけに、同じような匂いを感じたのである。

小学生のときから文字を書くのが、苦手だった。不器用なところに無頓着な性格が加わった悪筆で、文字を書くたびに強い劣等感に襲われていた。だから好きな人にラヴレターは書けなかったし、手紙の返事も左手で書いたのではと思われそうな筆跡なので、つい躊躇して、不義理ばかりを重ねてきた。

学生時代は書道部だったと豪語している夫に、「お前くらい字の下手な者はいないだろう」と言われるし、友達にはリズム感がない字ね、とそれでも奥歯に多少の衣を着せた言われ方をされていたのだ。

かといって怠け者の私は、不得意なものを勉強して克服しようなんて気はさらさらなく、この悪筆は墓場まで付いてまわると、あきらめきっていた。

ところが一昨年のことである。ある地方誌に応募するエッセイの原稿を覗いた夫が、この汚い字では、選者が読む気にならない、真っ先に落とされるな、と眉をひそめたのである。

これが思いがけない天啓となった。わが最大の楽しみの作品までが、悪筆のため選から外されてしまう……これは辛すぎる。

その投稿作は僥倖というか、末席に入選したが、私は投稿原稿のために習字の勉強をしよう、と一念発起して、書道教室に入ることにしたのである。

稽古の初日、娘と同じ年格好の先生は、私の書いた字を見てポツリ。

「ある程度までしかうまくなりませんよ」

暗に習っても無駄ですよ、という助言だった。大抵の人はここで断念したと思う。だが私は違った。一瞬グサッときたが、この先生のま正直な物言《ものい》いが気に入ってしまったのだった。

さらに何事も自分の都合のよいようにこじつける傾向がある私は、大胆にも、かのエジソンだって子供のころに学校の教師に低能と言われたんだと、頭の中で繰り返して自分自身を励ました。それに、別段大望など無い。一般の人の水準になれば十分だったのである。

しかし、素直な子供と異なり還暦も過ぎると、半世紀以上も書いてきた癖のある字を、腕が頑固に記憶している。文字の形、筆使いを、先生に指導されると一応頭では理解出来るのだが、腕が受け付けない。

私の習字はまるで歯並びの悪い歯を、細い針金でグルグルときつく巻き、無理矢理に矯正するようなものだった。苦痛で時間もかかりそうだと思った。

二年が過ぎたころ、習字の教室に通うのが、苦しみだったのが、楽しみに変わってきた。といって、書く文字が目立って上手になったわけではない。先生が劣等生の私を励ます言葉に興味を持ち始めたからだ。

家での練習量が少ない私に、

「初めからお稽古が熱心過ぎると、途中で燃え尽きて辞めてしまうケースがたくさんあります。私はお稽古に熱心な人が入って来ると、内心では困ったなと思います。チンタラがよいのです。そして何よりも続けることが大事なのです」

とおっしゃった。

手先の不器用さを愚痴ると、次のようにも――。

「器用な人はすぐ出来るので、仕上がっても感動が小さいようです。その点不器用な人は仕上がるまで時間がかかるので、感動は大きいと思います。だから結果的には不器用な人の方が得です」

「書は人なり」という言葉、習字を始める前は、耳をふさいでいたが、このごろは実感となって胸にせまってくる。その上、書体による性格診断の本もあるそうだ。私が終筆がしっかり出来ないのは、殆どのことを途中で投げ出す性格を映していると自覚した。そのことを話すと、

「格言もあまりあてにはなりません。私は書道家の家に生まれて育ったので、正しくて美しい文字を体にすり込まれています。当然そのように書いています。だから筆跡では私の人格は見破られない自信があります」

と胸を張られた。

先生の一般常識の枠をはみ出した考え方はおもしろく、どれもエッセイの材料になるように思えてきて、稽古の日が待たれるようになったのだ。

こんなことは、とても悪くて先生には言えないが、習字の稽古に行くことは文章を書くための補助手段ともなっている。

補助手段で思い出すのは、シルクロードの探検家として有名なスウェン・ヘディンである。彼は美術としてではなく、探検中のスケッチに役に立てようと絵を習ったという。そういえば、彼の著書『さまよえる湖』にすばらしいスケッチが何枚も入っていた。

もうすぐ不得意な習字を始めて三年になる。例によって三日坊主に終わるだろうと、たかを括っていたので、自分でも驚いている。

大磯の商人

早朝、電話が鳴る。二〇〇二年の冬の日のことである。これまで、朝早くの電話は親戚の人や知人の不幸の知らせなどが殆どだった。悪い予感がする。

受話器をとると、大磯の友だちの佐々木さんだった。

「T靴店のご主人が急に亡くなったの」

「ウソでしょう」

信じられなかった。つい先日、黒のパンプスを元気なご主人から買ったばかり。

T靴店は、佐々木さんの住まいの近くの店である。彼女が捻挫をして靴が履けなくなり、困っていたときに「足と靴の相談室」の看板を見て入った店であったと聞いていた。

シューフィッターの店主が、親身に相談にのってくれ、とても履き心地のよいブーツを選んでくれたこと、さらに靴紐のしめ方から靴の履き方までを丁寧に指南してくれたと、店主のことを自慢そうに話してくれた。

佐々木さん曰く「そのブーツで歩いたら何か地球を踏みしめている感じがしたの」。

私は好きな人の言葉を鵜のみにする質《たち》である。身の回りの品は大抵銀座の松屋デパートで揃えていたのに（外商の割引もあるのも一因だが）、西の方のこれまでは、ショッピングの眼中にもなかった大磯へと、地球を踏みしめる靴を買おうと、即、佐々木さんを誘って、足を向けた。

T靴店の主人は白髪が目立つ長髪をポニーテールにして、商人というよりは初老の芸術家のような風貌をしていた。私に「洋服に合わせる靴を履くのではなく、靴に合った洋服を着て下さい」と、切り出した。

驚愕した。私は一年前まで営業の仕事をしていたから、靴は必要不可欠のものであった。フィリピンの元ファーストレディーのイメルダ夫人とは天と地ほどの違いだが、数十足は用意をしていた。その日に会う方、場所に合わせてスーツを選び、そのスーツに合わせて靴を選んでいたのである。

人それぞれの価値観が服装を選ぶ優先順位となるのだ、と店主の言葉を面白く感じた。

店主は私の足の形を紙に写して、サイズを計り、さらに日常の行動を尋ねる。

「外出をよくされますか」

「よく出かけます。出好きですので」

店主はスニーカーに似た黒い靴を奥から出してきた。その靴はドイツ製で、ごつごつしていて重そうな印象を受けたが、履いて何歩か歩いてみると、足へ負担がまったく感じられなかった。

次は薄茶のローヒール。ついでにブルーのサンダルと、三足の購入を決めたところで、ショウ・ウインドーに飾られている黒いパンプスが目に入った。出して貰い、手にとると足許のベルトがシックなのが気に入った。ヒールの高さは七センチ位あるのに、歩くと安定感がある。

しかし靴の代金はすでに七万円近かった。現在私は年金生活者である。在職中のときのように、ビジネスを言い訳にして、欲しいに任せて買ってはいけないのだと、自分に言い聞かせる。

それとこの靴に合いそうな服が、喪服であることも気になったのだ。向田邦子の『隣の神様』の「生まれて初めて喪服を作った」から始まるエッセイが思い浮かんだのである。

向田の母親は彼女が喪服用のツーピースを誂えた途端に、心臓の具合がおかしくなったというではないか。私には一緒に暮らしてはいないが、高齢の寝たきりの母が沼津にいる。買うのを、止めた。

母はその年の十月十九日の明け方に、静かに旅だって逝った。偶然であろうが翌十一月、そのことをまるで知っていたかのように、T靴店からはがきが届いた。

七月にはご来店ありがとうございました。寒くなってきましたが、お元気ですか。七月のご来店時に試し履きなさった靴、菊地武男のパンプス、ブラック大変お似合いだったこと、ノートに書いてありました。このデザインは生産中止となりましたので、奥様、もし宜しければお早目のご検討ご来店をお待ちしています。

読み終える前に、私の心は買うことに固まっていた。パンプスの未練をメモした店主、本物の商人に、私は最敬礼で応えたかったのである。

「T靴店で買った靴は、大事に履かなくてはね」と言って、佐々木さんとの電話を終えた。

好きな場所

平成二十年の二月のこと。沼津の町中で寿司屋を商っている従妹の正子さんが、久しぶりに我が家に遊びに来た。彼女は正月も休みなしに働いたので、三日ほど骨休みをしたいということであった。私とは六歳年下の正子さんとの話は、どうしても昔に遡っていく。

彼女はリビングのソファーに腰かけ、心もち顎をあげて、遠くを見るかのように目を細め、既に鬼籍の人となっている私の母と、その再婚相手で、私が「おじちゃん」と呼んでいた人と、当時中学生だった私に触れた。

私は高校まで、伊豆半島の付け根の沼津市の外れの漁村に住む祖父母に育てられていた。というのは、私が生まれる前に父が逝き、母は二歳の私を実家の祖父母の許に残して、他家に嫁いだからである。

その際に、先方に私と同じ年格好の女の子が二人いるので、私が物心が付いたら引き取るという約束だったと聞くが、その約束は守られなかった。

子供の頃、私が縁側で本を読んでいると、後ろで縫物をしていた祖母が「Tさん（母の再婚相手）は、約束に知らん顔で、ひどい人だ」と、吐き出すように言った声が、今も、私の中に確りと張り付いている。

母の婚家は沼津の町場に近い漁村で、バスに乗ると、小一時間で行ける所だった。月に一度位は、母が何か用事に託けて私に会いに祖父母の家に来てくれたり、反対に身内の誰かが母に用事があるときは、私を連れて行ってくれた。

小学校の高学年になると、一人でも母に会いに行けたので、母とは行き来はあった。

正子さんの話は、核心に入る。「伯母ちゃんの家へあんたと二人で行くと、伯父さんは私にだけ、やあ、マッコちゃん、よく来たね。ごはん時でなくても、こっちへ来て、ご飯をたべて、たべてと、とてもよくしてくれた。でもあんたには目もくれず、絶対に声もかけなかった。私は子供心にも、どうしてなのか、と不思議でならなかった」。

「私はあらゆることに疎いから、感じなかったわ。それに、私だっておじちゃんに挨拶もしなかったし、可愛げがなかったかも」

と、笑って見せたが、それは私の見栄であった。年下の従妹が感じたくらいだから、いかに鈍感な私でも感じないわけがなかった。彼女と一緒の時だけではなく、他の人と一緒の時も、私への声かけはまったくなく、いつも無視されていたが、仕方がないと、思っていた。

　私は母の過去の愛の忘れ形見である。おじちゃんが私を疎んじ、無視するのは当り前のことだと、あきらめていたのだ。

　そしてこのことは自分一人の胸深く、しまい込んでいた。それを口にすれば、既に見知っているだろう母の哀しみは深くなり、プライドが強い祖母は怒り、「もう、母の所には行くな」と言うような気がしたからである。従妹はさらに話を続ける。「どうして、あんな仕打ちをされるのに、行くのかなと思ったわ。おばあちゃんの家では『うちのお天下さま』とおばあちゃんから呼ばれて、みんなから可愛がられていたのに」。

「お母さんが一番好きだから」

　私にとっての好きな場所は、一番好きな母がいる所であった。

西田さんのお土産

西田さんは中国旅行の馴染みのメンバーの一人である。お互いに誘ったり、誘われたりして旅を重ねている。出会いは五年前の山東省の旅だった。何故か観光バスの最後部座席に、西田さんと夫と私が、いつも座った。この席はバウンドが強いが横幅は十分あり、三人はゆったり座れる。西田さんは昭和二年の大阪生まれ。話の中に「オレは大阪生まれだからケチなんだ」という言葉をたびたび漏らす。その西田さんの飾らない人柄に、夫も私も親しみを抱いた。

一昨年のシルクロードの旅でのこと。西安を振り出しにして、蘭州にやってきた。ここの現地ガイドは少女の面影を残している王さんだった。まだ語学学校の学生だという。

王さんは生まれ育った蘭州に、強い誇りを持っていた。そのことは、蘭州の町の歴史を語り、炳霊寺石窟、黄河の流れ等を説明する上手な日本語に滲み出ていた。さらに王さんは「蘭州は中国で野菜や果物が一番美味しい所です。桃、棗、薔薇茶などのすばらしいお

土産が沢山揃っています」と、ガイドの合間、合間に自慢げな宣伝も怠らなかった。

私たちは、夜、寝台車で次の嘉峪関まで移動することになっていた。夕食が終わり、列車の時刻までかなりの時間があった。買い物をしたいと、スーパーマーケットへの案内を王さんにお願いした。スーパーの店内で、西田さんは孫娘のような王さんと一緒だった。西田さんが、王さんに「どれがうまい?」と訊く。彼女が「これが美味しい」と選ぶ。「そうかい」と西田さんはご機嫌でかごに入れる……。その繰り返しで、西田さんのかごは蘭州の名産で一杯になった。中国最西端のカシュガルまで行く旅は、まだ始まったばかりである。今からこんなにお土産を買い込んでしまっては、スーツケースのパッキングは大丈夫だろうかと、私は少し気になってきた。

蘭州駅の前で、西田さんは後頭部を片手で叩きながら、いかにも、失敗したという顔つきで私を呼ぶ。「王さんが美味しいと勧めてくれたので、ついつい買ってしまったが、よく考えてみたら、このお土産を配る人がいなかった。蘭州の記念に何か一つだけ残して、後は全部、王さんに渡してくれ」と大きなビニール袋を寄越した。

私から袋を手渡された王さんはびっくりして、大きな目を一層大きくして「えーっ」と叫んだあと、瞳が潤んできた。彼女は、眼で西田さんを探したが、すでに西田さんの姿は駅構内に消えていた。

旅の最終日。西田さんは西安空港の売店で、「何しろ、親戚が多いのですね」と言いながら、ザーサイの袋を二十袋も買っている。私はハッとして、改めて頷く。あの蘭州での沢山のお土産、あれは最初から王さんに贈るつもりで、彼女に選ばせていたのである。

黒衣《くろご》

この十年、年に一回は歌舞伎座に出かけている。日ごろはつましい生活をしているが、その時ばかりは奮発して一階の桟敷席に座る。

最近は舞台や花道を通る役者だけでなく、黒衣にも関心を払うようになってきた。黒衣は舞台で役者に小道具の受け渡しをしたり、また役者の衣装を脱がしたり、羽織らせたりもしている。彼らは黒い頭巾を被り、黒い衣装を纏い、まさにその姿は忍者そのものである。勿論黒衣の名前は、パンフレットにも載っていない。

「駕篭に乗る人担ぐ人そのまた草履をつくる人」の例えもあるが、黒衣はこの役に満足しているのだろうかと思い遣る。それから中学時代の仲間たちの同窓会誌「空と海と」の作製をしていた私も、黒衣と同じ役割を果たしていたと思い当たった。

「空と海と」も五号を数え、創刊当初は原稿を書くのを嫌がっていた友人たちも書くことに慣れ、枚数も多くなってきた。各自が南氷洋捕鯨員、グラフィック・デザイナー、電話

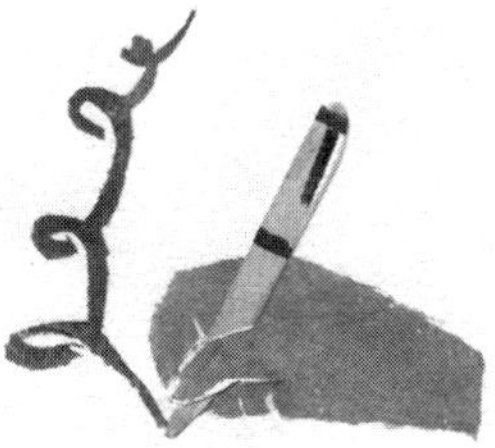

交換手、大学の先生、普通のオバサン、市議会議員等々の仕事のことを自分の土俵で書くので、作品はユニークである。とはいうものの、集まった作品の二割程がそれぞれに問題を抱えていた。文章中に段落がまったくなかったり、「である調」と「ですます調」が混在していたり……。文末に同じ言葉「思う」ばかりが繰り返し使われているケースもあった。

自分の欠点は見えないが、他人の短所はよく見えるものだ。エッセイ教室の先生が見られたら、自分の頭のハエも追えぬのにと、きっと嗤われるだろうと苦笑いしながら、『原稿用紙の書き方』を片手に、友達の原稿に断りもなく手を入れた。また文末に「思う」ばかり使っている作品などは「類語辞典」を開いて、「感じる」「抱く」「察する」などに替えた。

そして「空と海と」は出来上がった。私が仲間の労作にペンを振るったことについては、誰からもクレームも入らなかったし、お礼の言葉も来なかった。しかし、中学校時代のクラスの担任で、最近は『静岡県の名字の話』や『名字にみる静岡県民のルーツ研究』等執筆活動を盛んにされている渡邉先生が出版記念会で「皆、きちんと書くね。レベルの高い本だ」と、褒めて下さった。

そのときはとても嬉しかった。わずかでも他人の影になって、人知れず役に立っているということは、とてもいい気分であることを覚った。多分、黒衣もその役割に納得しているのだろう。

気になった黒衣について『歌舞伎辞典』で調べてみた。歌舞伎で黒という色は、暗闇を意味し、観客からは見えないという約束のもとに設けられた〈影〉の存在だということだった。その役は、幹部俳優の門弟や下廻りの役者が勤めている、ともあった。

私の教育実習

七十三年の私の人生の中で、僅か二週間だが、全く彩りの違う時期がある。

静浦中学を卒業してから四年余りが過ぎた昭和三十四年の夏、中学教諭普通二級免許をとるための教育実習生として、母校へ通うことになったのである。

その内容は、私が苦手な家庭科の授業だった。コトのおこりは、家政科以外の進学はダメ、という母の言葉に、洋裁学校へ行かされるよりはマシだと考え、K女子大短期大学部家政科に、気がすすまぬままに入ってしまった結果であった。

家政科に在籍したといっても、真面目に勉強したのは文学や哲学や心理学などの教養科目ばかり。肝心の専門科目で、実技を伴う洋裁、和裁、手芸などは、私にはとてもムリだと最初から投げていた。作品は叔母の家に下宿しているのをこれ幸いと、叔母やクラスの友達の他人の手をたびたび借りていた。

なかでも和裁は一番の苦手で、叔母の家に月一度は上京してきた祖母が、不器用な孫に

なり代わって、手助けしてくれていた。そのことは和裁の教授もお見通しで、採点のときは「おばあちゃまへのお点ですよ」のひと言を付け加えては、「優」を押してくれていた。

そんな事情を抱えていた私は母校へ行っても、在学当時そのままの校舎や周囲の風景に懐かしさを感じる余裕はなく、ただ不安と緊張感でいっぱいだった。わずかに心がなごんだのは、私が在校していたときの恩師である川口先生、田村先生、そして中村先生（旧姓土肥先生）がいらしたことである。さらに中村先生はその当時は書道の担当であったが、何故か、現在は家庭科の担当になっていた。これはラッキーだと心のなかで小躍りしたものだった。

しかし中村先生から、私の担当は二年生で、教育実習のカリキュラムが浴衣の作成だと告げられたときは、まさしく「天網恢恢疎にして漏らさず」だと頭を抱える。

しかも今度は教わる側ではない。生徒に教える側の「先生」として、和裁をやるのだ。頼みの綱であった祖母は、この頃はすでに死の病の床についていたので、頼めない。私は本当に困り果てた。

だが「窮すれば通ず」のコトワザは嘘ではなかった。中学時代に寿美恵さんの家へ遊びに行くと、彼女のお母さんがよく針仕事をしていたのを思い出したのだ。しかもおばさんは師範科を出ていると聞いた記憶もある。

その頃、舅姑、小姑、それから育ち盛りの四人の子供を抱えていたおばさんは、多忙をきわめていただろうに、私の無理なお願いを「いいよ、いいよ」と二つ返事で引き受けてくれた。

私は一時間分ごとの授業内容をカリキュラムで確認しては、その予習をおばさんにお願いした。さらに縫い方のお手本を見せなければならない場面もあるかも知れないと、運針の練習も見て頂く。私は脇目もふらずに、「一、二、一、二」と指を動かし続けた。

そして翌日はそんな特訓などを受けたことは、おくびにも出さないで、教壇に立ったのである。紛れもない付焼き刃そのものだったが、自分でも意外に思うほどに落ち着いていた。私は小心者だが、イザとなると度胸が据わる質らしい。

歌舞伎の有名な「勧進帳」では、義経主従が京から奥州へ落ちる途中、安宅の関で関守から尋問を受ける。そこで弁慶は関所を通るため、白紙の勧進帳を滔々と読み上げていたではないか。それに比べれば、まがりなりにも私は浴衣を仕立てたことがある。さらに授業の特訓も受けている。失敗する筈はない、そう思うことで、授業への不安を押し込めた。また生徒たちはおとなしく素直だったので、授業はスムーズに運ぶことができた。

ただその付焼き刃が一度だけ剝がれそうになり、焦ったことがあった。その日は、教育実習の最終日だった。生徒の一人が仕立て直しの浴衣の布地を持ってきたのである。このようなパターンは想定もしていなかった。どうしよう、と教室の後ろで、授業を見守っている中村先生に、助けを求めようと視線を向けたとき、終業を告げるベルが鳴り、救われた。

あれから半世紀余りが過ぎた。いま私のなかで生き生きと思い出すのは、あの綱渡りのような授業の場面と、本当の教師と同じように私を受け入れてくれた、生徒たちの従順な顔である。

コンパートメントの友好

「この七月は、内モンゴルで『蒼き狼』のチンギス・ハーンの跡を訪ねるの」

友人に話すと、彼女は暗に反対を匂わせた。

「抗日デモが中国のあちらこちらで起きているのに、大丈夫なの。中国への旅行は、キャンセルが続出しているそうよ」

抗日デモがあったのは、主に北京、上海のような都会ではないか。内モンゴル自治区は中国の田舎である。彼女はあの広い中国を、みんな同じだと考えているらしい。

「今度の旅は北京や上海と違う辺境に近い所だから、大丈夫」

友達の心配を振り切った。

ここ数年、中国の旅に憑《つ》かれている。『三国志』を読んだのがきっかけだったが、歴史や小説のなかの人物が私を引き寄せるのだ。といっても、系統立てた読書をして出かけているわけではない。井上靖の『敦煌』を読めばシルクロードへ、『楊貴妃』に感動すると西安へと、気まぐれな旅である。

旅の三日目は、銀川《ギンセン》から内モンゴルの包頭《パオトウ》まで列車での移動だった。中国の旅では、乗り物が時刻通りに出ることは余りなかったから、定刻の十六時三十二分に発車したことに、驚いてしまったほどだった。今まで現地ガイドに苦情を漏らすと、「ここは中国です」の一言でねじ伏せられていたのだから。

定員四人のコンパートメント（列車などの区切った個室）は、夫と私の二人だけだった。スルーガイド（旅の全行程に添乗するガイド）の王さんが、上段の棚に仲間のトランクまで詰め込み、棚のほうは満杯になってしまった。以前の旅で、中国人同士のけんかのような物言いを何度か見たことがある。私は大きな荷物を持った乗客が入ってきたら、どうしようかと心配になった。

発車間もなく、馴染みの添乗員の谷口さんが顔を出して、「包頭まで、誰も乗って来ないとよいですね」と言った。そう願ったが、世の中そんなに甘くはなかった。

すぐに次の駅で、現地の家族連れと見受けられる六十代の父親と三十代の娘、それから小学校入学前後くらいの孫娘二人が入って来た。抗日デモのことも思い出して、私はいやな気分になった。

父親は色が黒いのに、黒いポロシャツを着ている。闇夜の烏のような人だ。ロングヘアーの娘さんは白いブラウスとリーバイスのジーンズ。彼女は背が高く、スタイルがよい。二人の孫娘はお揃いの白地に紺のボーダーの上等なワンピース姿である。二人は早々に、上段のベッドに上ってはしゃぎ始めた。

気になっていたことが現実となった。家族は大きいトランクを一つ持っている。私は足許を指差して、トランクを置いてもらうよう頼んだ。抵抗されるかと緊張していたが、相手は素直に従ってくれたのでホッとした。

父親と娘さんが交互に話しかけてくるが、夫も私も何と言っているのかわからない。

「アイ　キャンナッ　スピーク　チャイニーズ」

私は右掌を小さく左右に振り、答えた。外国ではこのフレーズ一本で押し通している。ロンドンでは「アイ　キャンナッ　スピーク　イングリッシュ」。パリでは「アイ　キャンナッ　スピーク　フレンチ」である。

会話をあきらめた娘さんは手許の大きいバッグから、長い胡瓜《きゅうり》が沢山入っているビニール袋を取り出した。先ずその一本を両手でこすり、半分に割って彼女が食べてから、私にも一本くれた。

胡瓜を受け取ったら食べるのが礼儀だろう。だが、私は以前トルファン駅で葡萄を買って、列車の洗面所で洗って食べた後、ひどい下痢に苦しんだ経験があった。以来、中国では生野菜は食べないし、歯を磨くのも湯冷ましか、ミネラルウォーターを使うことにしている。彼女の好意を無にしたくないが、見知らぬ土地で下痢になるのは恐い。しかし、こんな場所で反日感情を煽ったらどうなるか。列車の中で「コイズミ、ツブセ」「ヤスクニハンタイ」と旗をふられてもたまらない。

とっさに石田三成と大谷吉継の茶会での挿話が頭にひらめいた。ハンセン病の吉継が茶碗の中に鼻水を落としてしまう。諸公はお茶を飲むふりをして次に回す。三成だけはそのお茶を飲み干した。吉継は三成のその友情に感激し、関ヶ原の戦いでは負けると予測しながらも、三成側に加担した話である。鼻水入りのお茶に比べたら、日中友好のかけ橋のために生胡瓜の一本くらいは物の数ではなかろう。

私は大袈裟に喜んで、頂いた胡瓜にガブリとかみついた。そしてお返しに甘納豆とカラフルなティッシュを差し出した。するとまたあちらからは、桃、ヨーグルト、ポッキーチヨコ等、どんどん出てくる。

私は隣のコンパートメントに行って、常連のKさんを呼んできた。Kさんは少年時代を奉天と大連で過ごし、中国の事情もわかるし、ある程度の会話も出来るので、仲間からは「センセイ」と呼ばれている。

「センセイ」は父親と筆談を交えて会話を楽しんでいた。その様子を見ていた私は次第に、この家族が私の想像と少し違っていることがわかってきた。父親、娘、孫娘にかわりないが、娘さんは孫娘の母親ではなくて、叔母だったようだ。孫娘は欣采《キンロン》ちゃんと欣浩《キンハオ》ちゃん。みんなで終点の北京まで行くという。

間もなくツアーの他の仲間もやって来た。

いつもポラロイドカメラで現地の若い女性と子供ばかりを撮り、彼らに喜ばれるのを旅の楽しみの一つにしている「民間親中大使」のNさんは、早速欣采ちゃんと欣浩ちゃんにカメラを向けた。

仲間への配慮が抜群で、酒席の雰囲気づくりが絶妙なことから添乗員に「宴会部長」を任命されているOさんは、家族全員に握手を求め、場を盛り上げた。

梅干、海苔、佃煮、インスタント味噌汁等の日本食からコーヒー豆までが、トランクの半分を占めている自称「賄い方」のFさんは、煎餅などの日本のお菓子を抱えて来た。

胡瓜は仲間たちにもふるまわれた。彼らはすんなりと、おいしそうに食べていたので、下痢の経験はないのだろう。

仲間がそれぞれのコンパートメントに引き上げた後、私は上段のベッドで眠ることにした。欣采ちゃんと欣浩ちゃんはじっとしていない。始終バタバタ動き回り、歓声をあげる。若い叔母さんは、口に人差し指を持っていき、「シー」と注意している。しかし、二人は旅の興奮がおさまらず、騒ぎ続けた。叔母さんは、低い押さえた口調で、しかし絶対に許さないといった強い態度で姪たちをたしなめていた。

ふと、戦前の日本の躾を思い出した。


二十三時七分、包頭駅で降りる時、上段で眠っていた娘さんは起き上がり、私たちのトランクを下ろすのを手伝ってくれた。

「謝謝《シェシェ》、再見《ツァイチェン》」

と言うと、

「さよなら」

静かできれいな日本語が返ってきた。

そして闇夜の鳥の父親は、孫たちが迷惑をかけましたというように、立って頭を下げた。

あのコンパートメントには、戦争で国を侵略された恨みも、抗日デモに対する反感もなかった。中国も日本も、個人的には何もおかしくない。どこも狂っていない。それが政治の世界になると、どうして、軋《きし》んでしまうのか。

深夜の包頭駅のホームに降り立った夫と私は、朝が来るまでにはまだ時間がかかりそうだと感じていた。

ザルツブルクを再訪

二〇一八年九月四日のザルツブルクの小雨が降るなかでのこと。日本人男性の現地ガイドが話してくれるのを、私は心待ちにしていた。

この街に三十年在住しているというガイドと一緒に、午前中はモーツァルトの生家や「サウンド・オブ・ミュージック」の舞台のミラベル庭園等を見て廻った後のことである。

午後はフリータイムとなっている。ガイドは街の見所の紹介の前に、先ず差し迫っている昼食のレストランの紹介から始めた。昼食なんてどこでもよいのに、とイライラする。紹介が終わると、ガイドが、「行きませんでしたが、モーツァルトの住居は一九四四年アメリカ軍の空爆で大半を破壊されましたが、日本の第一生命、ソニー、日本のモーツァルト協会の支援のお蔭で修復されました」。

と、ついに口を切った。勤務していた会社がモーツァルトの住居の修復に寄付したこと

は知っていたが、外国で、それもモーツァルトが生まれ、住んでいた街で聞く「第一生命」の呼び名が嬉しく、誇らしく感じた。

実は四年前の夏、ザルツブルクを娘とツアー旅行で訪れていた。そのときもモーツァルトの住居の方はスルーだったが、休憩時間に日本人女性現地ガイドが、「第一生命のお蔭でモーツァルトの家は修復されました」と話してくれたのだった。思いがけず外国で第一生命の名前を聞き、衝撃が走ったのを覚えている。

帰国してから、ザルツブルクでまた第一生命の名前を聞きたい、会社と関わりのあるモーツァルトの住居の見学もしたい気持ちが募ってきて、つい娘に漏らしてしまった。

娘はモーツァルトの住居の見学が入っているツアーを探したが見つからず、フリータイムが組まれているツアーを探し出してくれたのだった。

モーツァルトの家ではエントランスに、THE DAIICHI MUTUAL LIFE INSURANCE COMPANY TOKYOと金文字で書かれている胡桃色の大理石が掛けてあり、しばらく見惚れていた。

「第一生命」の名を聞くのと、会社が支援したモーツァルトの家を見学するためだけに、ザルツブルクを再訪するのは嗤われると旅の目的は誰にも明かさなかった。

しかし最近、向田邦子のエッセイのなかに「カキとワインとフランスパンのためだけにでも、もう一度パリへいってやろう」の一文を見つけて小躍りし、披露する気になったのである。

私の「ふるさと」

在職中二十年余り担当していたS社の新年社員懇話会に、ここ何年か出席をさせて頂いている。部外者なのに社友会の一員として招いて下さるのは、懐かしい顧客と久闊の叙をするように、というS社の温情に他ならないと感じている。

今年の会のこと、新宿のホテルの受付に行くと、なんと現社長が出席者へ声をかけておられて、驚く。社長は「ふるさとへ帰って来たと思って下さい」と私には言われた。一介の出入り業者に過ぎなかった者に対してへの過ぎた言葉に再び驚愕する。同時に温かいものに包まれたような気分になる。

現在も年賀状を取り交わしているOさんに案内されて会場に入る。広い会場には東京地区と中部地区の社員の方、OBの方が四百五十人位出席されると伺う。

私が退職してから十六年余り過ぎている。若い社員の方が多い。さすがに知っている顔は百人に満たないかもと察する。

会は社長の挨拶から始まった。続いて二〇一七年度に業績の特に優れた社員に社長賞の授与。その受賞者の中に知っている顔が何人も見えた。立派になってと、オリンピックで日本の選手が表彰台に上がったときのような嬉しさが、私のなかに沸きあがった。

式が終わると立食パーティー。私はかつての顧客の姿を求めて動く。

まずHさんと会う。彼は「毎週東戸塚の勤務先に来てくれましたね。それから寮にも顔を出してくれて、懐かしいなあ」。

名古屋から来たというKさんは結婚したと話す。契約を頂いたのはたしか新入社員だった。歳月の流れを痛感する。

Nさんに会うのは二十年ぶりの気がする。彼は遠方への出張が多かった。そのためS社のソフトボール大会のときに、グラウンドの片隅で申込書にさっとサインしてくれたことが甦ってきた。出張先より近場での契約をOKしてくれた彼の厚意に、今更だけど手を合わせた。

Aさんは顔が合うとすぐ「ゴメン、保険変えちゃった」とすまなそうに言う。

「いいのよ。保険に対するニーズも変わるし私が辞めてから十六年にもなるもの」

と、少し寂しかったが、笑って頷く。

私の故郷は沼津の漁村である。生家は既になく、知っている顔は十本の指で数えられる。

しかしS社には思わず駆け寄ってしまう懐かしい人たちが大勢いた。

社長の「ふるさとへ帰って来たと思って下さい」の言葉は、絶妙だと感服しながらゆっくりと歩いてホテルを出た。

孫と「舌切り雀」のお爺さん

孫の央樹が、まだ幼稚園児だった二十年前の話である。

お正月に両親と遊びに来た央樹に、私はお年玉をあげようと思った。茶目っ気を出して「央ちゃん、お年玉をあげるけど、一万円と百円とどっちがいい？」。

「ヒャクエン」

少しの迷いもない大きな声で、片手を高く上げて央樹は答えた。

まだ欲がない無邪気な返事に大感激した私は、その言葉通りにお年玉袋に百円玉を一つ入れたのである。一方でお年玉は一万円と決めていたので、銀行で一万円を百円銀貨に両替し、彼の両親へそっと渡したが。

この八月、久しぶりに遊びにきた央樹に「央ちゃんが小さかったとき、お年玉は一万円より百円の方がいいと言ったのよ」と笑いながら昔話をすると、「あの頃は、お金の価値がわからなかったから」と俯き、照れくさそうに彼も笑った。幼い央樹は一万円が百円の百倍だとは知らなかったのだ。一方、百円なら恐竜キングのカードやお菓子のグミが買えると、とっさに計算をしただけのこと。

そう気付いたとき、何十年かぶりに「舌切り雀」のお伽話を思い出した。糊を食べて、お婆さんに舌を切られ、追い出された雀をお爺さんが探し当てると、雀は大歓待。

お爺さんは帰り際、雀に、

「お土産に、大きいつづらと　小さいつづらのどちらかを」と訊かれ、小さい方を選んだ。

そんなお爺さんを私は幼い頃から「欲のない良いお爺さん」と単純に思い込んでいた。

しかしお爺さんもピンとこなかったのだ。つづらに何が入っているのか解らないので、背負って帰るのには、小さい方が軽くて楽だと計算したのではないだろうか。

もし、つづらの中身が大判小判等の宝物だと知っていたら、お爺さんだって多分大きい方を選んだに違いない。

無邪気や無欲と見える者も、彼らなりの計算をしていることを思い知る。

ハッピーエンドの噺

昨年オーストラリアのケアンズへ行った。

この時グリーン島に渡り、グラスボートから海の中を覗いた。澄んだブルーの海のなかはグレート・バリア・リーフの名の通り、ピンクやブルーやグリーンの珊瑚たち。その間を動き回る縞模様の魚の群、悠々と尾鰭をふるグロテスクな鮫、大きな海亀の姿……等々に「竜宮城にきてみれば、絵にもかけない美しさ」と何十年ぶりかで唱歌が浮かび、竜宮城とはこのようなものであったろうかと思い至った。

かねがね息子から、今の子供たちは日本のおとぎ噺に興味が薄いときかされていたので、教育グランマを自認する私は、五歳の孫の直樹にこの竜宮城の光景のような海を糸口に、「浦島太郎」を教えてやろうと思い立った。

そこでこの夏は三世代の家族で、再びケアンズを訪れた。直樹はグラスボートから真剣に海のなかに見入っていた。この様子なら「昔々、浦島太郎という人がいました。ある日浜辺を通ると子供が大勢で亀を捕まえ――」と話したら乗ってくるに違いないと期待した。

ところがである。直樹はきれいな海の光景から、「リトル・マーメイド」（人魚姫とは言わない）を連想し、きれいな魚や貝たちの海中パーティーに重ねていたのだ。私が竜宮城の話をしようとすると、つめたく首をふる。直樹のママが申し訳なさそうに、「あのーこの子は、玉手箱を開けたとたんたちまちおじいさんになってしまうようなアン・ハッピーな話は嫌いなんです」、「え？　人魚姫だって、最後はあわになってしまうのでは？」。ノウノウ。「リトル・マーメイド」では、人魚姫は王子と結婚できたとか。

ストーリーも時代や作者によって変わっていく。もしディズニーが「浦島太郎」を描いていたら、浦島太郎は再び亀に会い、若返り薬を貰って竜宮城に戻り、乙姫と結ばれてメデタシ、メデタシになっていたに違いない。

エッセイ集『母の後ろ髪』を読む

――出会いと別離の哀歓

金子秀夫

このエッセイ集『母の後ろ髪』は、文学臭のある実感により対象を捉えて、わかりやすい表現になっている。筆致、方法は、具体的手法によって、常態を描写している。

私は全部を読むのに体力を消耗させた。そして何度も立ち止まっては、考えた。

濱本久子さんの育ちは、早くに父を亡くし、二歳で実母が再婚することになり、祖父母にあずけられている。実母は沼津市の町場近くの漁村で暮し、濱本さんは沼津市のはずれの漁村で生活、小、中、高校を卒業している。

文学に目ざめたのは、十三歳前後である。担任の渡邉先生や高校文芸部の顧問で、縁戚筋の詩人、教師の町田志津子に、文芸の素質や活力を受けている。

エッセイ集は、三章に分割して編集されているが、どこから読んでもいいような構成になっている。濱本さんは、さまざまな風物を見に現場へ行って、言葉と言葉、言葉と事物の関係づけをしている。そこに、存在するものの生命と時空のからみが読める。また苦労が多くあったことを記録している。しかし苦労話というよりは、人との出会いや別離に生じた哀歓を表現している。

濱本さんは、マイナス思考によって、日常の現実から後退するのではなく、逆にプラス思考にかえて行動する性格の人だ。やり始めたら、やり遂げるまでやめない意思や情熱をもっている努力家。その点で、原動力になっているのは、自己愛だけでなく、他者への心くばりだ。

本集は、Ⅰは、「水仙の花」ほか八編、Ⅱは、「「井上靖」の万年筆」ほか八編、Ⅲは、「習字は」ほか十編から成っている。

それでは「Ⅰ　母の後ろ髪」から見ていく。

「水仙の花」は、早春の土手に咲く花と世間の冷たさを描き、そこで〈母はいつも冷たい風を受け続けていたのだ〉と書いている。

「母の後ろ髪」は、円形脱毛症になって、カツラをつける人の心の動きを描く。〈みじめな後ろ姿を人目にさらしたくないと、意思表示する。「五十年ぶりの文集」には、中学卒業後の文集づくりの思い出を記録。

「静浦中学の渡邉先生」では、文集『空と海と』の編集・発行の苦労話のあと、先生の思い出を書き、当時、九号になっているのである。

「Ⅱ　井上靖の万年筆」では、「『氷壁』の背景」や「『敦煌』と井上靖」を執筆。濱本さんの井上靖文学への愛情や理解度が示されている。彼女は小説の舞台になった現場を、何度もたずねている。ことに「香妃を訪ねる」では、香妃墓までたずねるシルク・ロードのツアーに参加している。すごい。

敦煌からカシュガルの風景描写は、その土地を訪れないと、わからないほどの活写をしている。

「三十年ぶりの弔辞」は、恩師町田志津子の訃報を知り、弔辞を書いたが、読めなかった文。私は感銘を受けた。

「Ⅲ　好きな場所」の、「習字は」では、悪筆を自覚し、夫のすすめもあって、習字教室に入り、習字をならった体験を書いている。

「好きな場所」では、〈一番好きな母のいる所〉が好きだという。

「西田さんのお土産」は、中国旅行メンバーの一人、西田さんがシルク・ロード旅行中に、スーパーマーケットへ案内を依頼した。ガイドと買物をした。それをどうするのか気になっていたら、全部、ガイドの子にあげてしまった感激の場面。ガイドの瞳に、うるむものがあったが、西田さんの姿は駅構内に消えていた。とても印象的だ。

「ザルツブルクを再訪」は、二〇一八年九月四日に、モーツァルトの生家やミラベル庭園を見てまわった。モーツァルトの住居は、一九四四年、アメリカ軍の空爆で、大半、破壊されてしまった。が戦後、日本の第一生命、ソニー、日本のモーツァルト協会の支援があり修復されたと、ガイドの説明があった。すでに濱本さんは、修復の事情は知っていたが感激の場面が書かれ、うらやましいと、私は思った。四年前にも、親娘でツアー旅行に参加、ザルツブルクに来ている。

「私の「ふるさと」」では、濱本さんが第一生命に在職中、二十年余り担当したS社の新年会社員懇話会に出席したときのことを描いている。すでに濱本さんは、退職して十六年ほど過ぎていたが、その会に出席、会場に入るや社長と顔をあわせた。社長に「ふるさとへ帰って来たと思って下さい」と、言われ感激した。温かなものに包まれた気持になった。このことを、読者は、どう読み、何を受けとるかを、見届けたい。「ハッピーエンドの噺」なども説明したかったが、読者にまかせよう。

■初出一覧

I　母の後ろ髪

水仙の花　「空と海と」第八号　二〇一一年
影絵になった思い出　「空と海と」第八号　二〇一一年
母の幸せ哲学　「赤いペン」第九号　二〇〇四年
母の後ろ髪　『11年版ベスト・エッセイ集』（文藝春秋）二〇一一年
教育ママ　「ぬまづ文芸」第二五集　一九九八年
五十年ぶりの文集　「ぬまづ文芸」第三一集　二〇〇四年
静浦中学の渡邉先生　「ぬまづ文芸」第三九集　二〇一二年
藪の中のダリア　「空と海と」第一一号　二〇一四年
忘れ得ぬ言葉　「空と海と」第九号　二〇一二年

II　井上靖の万年筆

「井上靖」の万年筆　「焰」第七六号　二〇〇七年
『氷壁』の背景　「焰」第七四号　二〇〇七年三月
『敦煌』と井上靖　「空と海と」第七号　二〇一〇年
香妃を訪ねる　「井上靖研究」第四号　二〇〇五年
董さんと王さん　「ぬまづ文芸」第三八集　二〇一一年

浅田先生の言葉　「空と海と」第四号　二〇〇七年
秘すれば花　「長寿会だより」第三三号　二〇一〇年
北川冬彦先生訪問記　「爐」（一九五七年）
三十年ぶりの弔辞　未発表

Ⅲ　好きな場所

習字は　「ぬまづ文芸」第三二集　二〇〇五年
大磯の商人　「焰」第一一四号　二〇一八年
好きな場所　「焰」一一五号　二〇一九年
西田さんのお土産　「赤いペン」第一二号　二〇〇八年
黒衣《くろご》　「赤いペン」第一三号　二〇〇九年
私の教育実習　「空と海と」第一一号　二〇一四年
コンパートメントの友好　『07年ベスト・エッセイ集』（文藝春秋）二〇〇八年
ザルツブルクを再訪　「長寿会だより」第五〇号　二〇〇九年冬号
私の「ふるさと」　「長寿会だより」第四九号　二〇〇八年夏号
孫と「舌切り雀」のお爺さん　「長寿会だより」第五二号　二〇一九年冬号
ハッピーエンドの嘶　「長寿会だより」第二〇号　二〇〇四年

あとがき

「下手の横好き」と拙文の言い訳をしながらも、文章を書くのが好きなのは、幼い頃から本に親しみ、読むのが好きだったからだと思っている。

私が生まれる前に父は中国東北部の富錦で病死、母は私が二歳のときに、祖父母の許に私を置いて、他家に嫁いでいった。

両親がいない私を不憫に思ったのだろう。幼い私に周りの人達が本をよく買ってくれたので、外遊びはせずに本の中の世界にのめり込み、夢中になっていた。

そんな私を見て祖母は「この子は本さえ与えておけばおとなしい」と周囲の人に話していたからだろうか、殆どの人の私へのお土産は本だった。

特に沼津の町方に住む「飯塚のおじさん（町田志津子の父）」は一度に、二、三冊をマルサン書店から買ってきて下さった。なかでも、「シンドバッドの冒険」の谷底のダイヤモンドを、生肉を落とし挟み入れ、鷲に運ばせる光景が七十年余りも過ぎた今も浮かび、胸がドキドキする。

書くことが好きなことを意識したのは小学校五年のときである。仲が良く、絵が得意な行枝美江さんが表紙と挿絵を描き、私が文を書いて『青い海』という本を一冊作った。どんな本かは、記憶から消えているが。

静浦中学では文芸部に所属。たいした活動はしなかったが、三年のとき、カラーストーリー（色に関係する童話）を三篇作った。

沼津西高等学校に入学すると、文芸クラブの顧問で、詩人（ペンネーム町田志津子）の飯塚先生から現代詩を学んだ。

短大の家政科に入学すると、書くことから遠ざかる。再びペンを持つようになったのは、生命保険会社に在職中からである。信興テクノミストの谷常務に、ビジネス書ばかり読んでいる私に「井上靖を読んでごらん」と勧められてからである。

定年退職後は、カルチャーセンターで斎藤信也先生から、「やさしいエッセイの書き方」を学んだ。先生は材料は自分のくわしい世界（自分の土俵）から探しなさい、さらに、理屈よりも事実で語りなさいと教えて下さった。

以上が私の書くことへの流れである。


表紙の写真は信興テクノミスト相談役の池野紀彦氏。氏のカレンダーから、母親の姿を追っているようなコヨシキリの姿に私自身を感じ、お願いをした。

跋文は詩人の金子秀夫氏。執筆や「焔」の編集等でお忙しいなか、すぐに書いて下さった。

挿絵はイラストレーターの平尾尚子さん、作品を熱心に読み取り、花を添えて下さった。

新型コロナ禍の中で、郵送とメールと電話で出版まで漕ぎ着けて下さった土曜美術社出版販売の高木祐子様にお礼を申し上げます。

二〇二〇年　秋

濱本久子

著者略歴
濱本久子（はまもと・ひさこ）
一九四〇年三月生まれ
詩集『母の伝説』
『敦煌のカラス』
『待合室の長椅子』
『ポスカスがくるよ』
詩文集『惜別の』
エッセイ集『私の伯楽』
井上靖研究会会員、日本詩人クラブ会員
「焔」同人、「随筆春秋」同人
現住所　〒二五一―〇〇四七　神奈川県藤沢市辻堂三―一九―三四

エッセイ集　母《はは》の後《うし》ろ髪《がみ》

発　行　二〇二〇年十一月二十七日

著　者　濱本久子

装　丁　直井和夫

発行者　高木祐子

発行所　土曜美術社出版販売

〒162-0813　東京都新宿区東五軒町三—一〇

電　話　〇三—五二二九—〇七三〇

FAX　〇三—五二二九—〇七三二

振　替　〇〇一六〇—九—七五六九〇九

印刷・製本　モリモト印刷

ISBN978-4-8120-2598-7　C0095